放課後、ファミレスで、クラスのあの子と。
2
左リュウ RYU HIDARI
イラスト・magako
Furry
JN034546

「だったら家に帰ってくればいいよ。
それだけでいい。そうでしょ？」
その声が空気を震わせた瞬間、加瀬宮《かぜみや》の顔から血の気が失せた。
「小白ちゃん」

「あまりにも、綺麗だったから。ごめん。感想言うのが遅くなって」

「…………っ。そう、なんだ……嬉しい。ありがと」

はにかむ加瀬宮はこの世の何よりも
綺麗で、輝いている。

そんな気持ちが自然と胸の中に浮かんできた。

contents

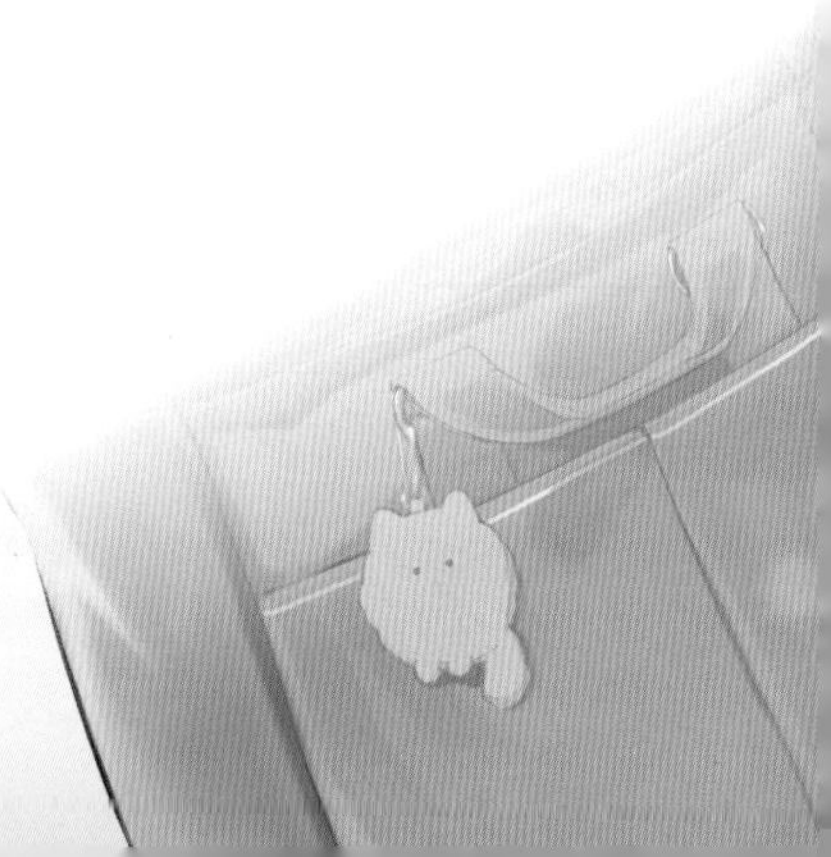

放課後、ファミレスで、クラスのあの子と。2

左リュウ RYU HIDARI
イラスト：magako

プロローグ　雨

——家とはなんだろうか。

人が住める場所。生活を営む場所。拠点となる場所。安心できる場所。くつろげる場所。認識は人それぞれかもしれないが、世間的にはプラスの意味合いが強いところだと思う。

だけど俺にとって『家』という場所は、『居心地の悪い場所』だ。

「紅太《こうた》。こんな時間からどこいくの？」

「コンビニ。何か必要なものあるなら、ついでに買ってくるけど」

二十一時という外に出るには遅い時間帯。母親が声をかけてくるのは当然で、俺はそれにあらかじめ用意していた理由を口にした。台本に書かれているセリフをなぞるように。

「……じゃあ、アイスでも買ってきてちょうだい。家族の人数分ね。それと、雨降りそうだから念のために傘持っていきなさいよ」

「りょーかい」

七月下旬。八月を目前に控えた日の、静かな熱に満ちた夜道を歩く。見上げると、夜の空は淀《よど》んだ雲で覆われていた。正直、コンビニに何か用事があるわけじゃない。ただあの居心地の悪い家から逃げたかっただけ。ただ、家というところからの逃避に過ぎない。

「…………」

逃避のための夜道を歩いている今の俺が考えているのは、大して食べたいわけでもないお菓子でも、コンビニで買うアイスのことでもなかった。

「……夏休みか。いつもならそれなりに嬉《うれ》しいはずだけど、なんでもう学校を恋しく思ってるんだろな」

まだ初日。いや、今日の昼間に終業式を済ませたばかりだ。それだというのに、俺は既に学校のことを……いや。加瀬宮《かぜみや》と過ごした一学期の日々を恋しがっている。

——俺こと成海《なるみ》紅太《こうた》の一学期は、それはもう色々と大きな変化のあった一学期だった。

春休みの時点で両親が再婚して、義理の妹と義理の父親ができた。実の父親は能力絶対主義で、自分の期待するラインに達していない俺を不出来だと断じ、そのことがきっかけで母さんは離婚している。だがその経験もあって、母さんは俺に対する過剰なまでの気遣いをするようになっていた。

それは新しい家族になっても変わらず、そのことがきっかけで家に居づらくなった俺は、バイト終わりにファミレスに入り浸るようになった。そこで知り合ったのが、クラスメイトの加《か》瀬宮小白《ぜみやこはく》だ。彼女もまた家に居づらいという理由から、同じ店で時間を潰していた。俺はそんな加瀬宮《かぜみや》と、ファミレスを同じ『逃避先』として、家族から逃げるだけの放課後を共に過ごす『ファミレス同盟』を結んだ。次第に俺たちは『同盟』という関係から『友達』という関係に変わり、この夏休みも共に楽しく逃避するための約束を交わした。……楽しく逃避するための夏休み。なんだかヘンテコな言葉だけど、事実なのだから仕方がない。

「……雨か」

ぽつ、ぽつ、と頬に雨粒が落ちる。どうやら母さんが懸念《けねん》していた通り、雨が降ってきたらしい。念のために傘を持ってきてよかった。

☆

ソファに座ってテレビ画面を眺めていたら、流れていた番組が終わりCMに切り替わる。私――加瀬宮小白《かぜみやこはく》の心は、先ほどまで流れていた番組よりも、そのCMに奪われた。

「これ……明日、成海《なるみ》と一緒に観《み》に行くやつだ」

次にその画面に流れてきたのは映画の宣伝CM。つい最近公開されたばかりの映画で、既に記録的な観客動員数を叩《たた》き出《だ》しているらしい話題作。なぜこの映画を観《み》に行くことになったのかというと、なんでも成海《なるみ》ママが知り合いからもらったチケットが成海《なるみ》に流れて来たらしい。チケットは二枚。別に私とじゃなくてもいいはずだ。それこそ、幼馴染《おさななじみ》の犬巻《いぬまき》を誘ってもよかったのに、私を誘ってくれた。その事実がたまらなく嬉《うれ》しい。

「……なんで、こんなにも楽しみなんだろ」

成海《なるみ》と二人で映画を観《み》に行くのは明日が初めてじゃない。なのに、どうしてかこんなにも胸が落ち着かない。どきどきして、ぽかぽかして、そわそわする。

「────……」

一人で勝手にそわそわしていたら、誰かが帰宅した音が聞こえてきた。

廊下を歩く律動的な足音。隙間の無いスケジュールに従って生きているような音。

「……おかえり。ママ」

「着替えを取りに来ただけよ」

「……お姉ちゃんは？」

「今日はドラマの撮影。私と一緒にホテルに泊まる。帰りは三日後よ」

私のお姉ちゃん、加瀬宮黒音《かぜみやくおん》ことシンガーソングライターの『kuon』は歌や作詞作曲だけじゃなくて、ドラマやバラエティなどでも活躍している。過去に出演したいくつかのドラマでも、本業は俳優なのではないかと評されるほどの演技力で共演者からも視聴者からも絶賛されていた。さっきなんとなくつけていた番組にもゲストとして出演していたし、調べてないけど

SNSで『kuon』の名がトレンド入りしていることだろう。

「……そうなんだ」

何もかもが私とは違う。お姉ちゃんに対するコンプレックスは未《いま》だに拭えない。

(でも、別にいい)

今はお姉ちゃんに対するコンプレックス以上に、明日の成海《なるみ》との映画のことで頭がいっぱいだ。どんな服を着ようかな。髪型はどうしようかな。朝に映画を観《み》て、お昼も一緒に食べる予定だし。その後、どこかに遊びに行くのもいいかもしれない。

「小白《こはく》。夏休みの間は家に居なさい」

「…………………………………えっ？」

ママの言葉がハッキリと頭の中に入ってきて、私の頭の中を真っ暗に塗り潰した。

「なんで……？　どういうこと……？」

「黒音《くおん》は今、大事な時期なの。ドラマやCMに加えて、映画のオファーも来てる。ここでイメージを損ねるわけにはいかないの」

「…………は？」

わからない。ママの言っていることが。どういう意味なのか。

「ねぇ……なんで？　お姉ちゃんが忙しくなるのと、私が家に居なきゃいけないのって……何の関係があるわけ？」

「あなたが不用意に外を出歩けば、黒音《くおん》に迷惑がかかるかもしれないでしょ」

「……意味、わかんないんだけど」

「あなたが何か事件やトラブルを起こせば黒音《くおん》のイメージにも響く、と言ってるの。ドラマもCMも映画も、イメージに傷がつけば話が流れるかもしれない。高校生なんだから、それぐらいのことはもう分かるでしょ」

ママはスマホを操作しながら、さも当然のように理屈を並べ立てた。その間、私とは一切目を合わせていない。取引先かスタッフさんか誰かとのやり取りだけに集中している。それが終わってもやっぱり私とは目を合わせることすらせず、着替えを手早く鞄《かばん》の中に詰め込んでいく。

「じゃあ、私はもう行くから」

着替えを詰め終えたママは、私に背を向けて――

「……嫌だ」

その足を、止める。

「どういうこと？」

「嫌だ、って言ってんの」

ここではじめて、ママは私の眼《め》を見た。

「明日、友達と一緒に映画観《み》に行く約束してるし。他にもいっぱい……たくさん……夏休みに遊ぶ約束、してるから。だから、家にずっと居るのは嫌」

「あなたね。何を言ってるのかわかってるの？」

「それ、そっくりそのまま返すよ」

「なんですって？」

「ずっとそうだよね。バイトを禁止してるのも、何もかも。ママって私のこと勝手に決めつけて、全然信用してないし、信じようともしないよね」

「バイトを禁止してる分、お金はあげてるでしょ。何が不満なの」

「お金の問題じゃない。そういう話じゃないじゃん」

この人は自分が何を言ったのかわかってないんだ。

私のことを欠片《かけら》ほども信じていないと言っていることを、なんとも思ってないんだ。

「はぁ……小白《こはく》。なにが不満なのか知らないけど、黒音《くおん》のためよ。我慢なさい。お金ならいくらでもあげるから、夏休みは家に居なさい」

「絶対に嫌《いや》。夏休みぐらい好きにさせてよ」

「だったら家を出て行きなさい。今すぐに」

「…………っ⁉」

「親の言うことが聞けないなら家を出て行きなさい。好きにしたいんでしょう？　だったらこの家を出て好きにすればいいわ。ただし、何か事件やトラブルに巻き込まれても、うちの名前は出さないでちょうだい。こっちも無関係でいるから」

私の眼《め》を見ているはずなのに。ママの眼《め》には……私のことなんて、ちっとも映っていない。

「……ママはそれでいいの？」

「あなたが黒音《くおん》に迷惑さえかけなければ問題ないわ」

「……私、本当に出て行くよ」

「出て行けるものなら出て行ってみなさい。どうせすぐに泣きつくことになるでしょうけど」

「…………っ！」

今度は私がママをまともに見られなかった。スマホを掴《つか》んで、着の身着のままで家を飛び出していた。私が靴を履いてる間も、扉を開ける寸前も、私が家を出ても――ママは何も言ってこなかった。

「なんで……なんで……！」

夜の道をひたすらに歩く。歩く。歩く。どこに向かって歩いているわけでもない。アテもなく、ただこの怒りと悲しみを振り払うように。どこかに向かって、ひたすら闇の中を歩いた。

「楽しかったのに……考えるだけで、あんなにも、楽しかったのに……！」

お姉ちゃんにコンプレックスがあっても。ママが私のことなんか見てくれなくても。明日のことを考えるだけで楽しかった。成海《なるみ》と過ごす時間を想像するだけで胸が高鳴った。夏休みのことを考えるだけで幸せだった。

その幸せに水を差されたような気分だった。だから今日は、ついママに逆らってしまった。

……ほんの少し期待していた部分もある。こうやって正面からぶつかれば、何かが変わるかもしれないって。無駄だった。そもそも、向こうは私のことを見ようともしていなかったのだから、仕方がないのかもしれないけど。

「…………雨」

いつの間にか雨が降り出していた。傘はない。持ってくるのを忘れた。

雨に濡《ぬ》れて身体《からだ》が冷たくなっていく。だけどそのおかげと言うべきか、ちょっとだけ頭が冷えた。たまたま近くに夜の闇の中でコンビニの明かりが目に入って、光に釣られた虫のように、ふらふらとした足取りで引き寄せられる。だけど私はその場に佇《たたず》むことしかできなかった。

「…………サイアク」

身体《からだ》と一緒に頭が冷えてきて……さっきの家でのやり取りが頭の中で再生される。

幸せな気持ちもドキドキも、全てが雨に洗い流されていくみたいだ。

「…………」

ここから行くアテもない。衝動的に飛び出してしまったせいでスマホしか持ってない。電子決済が使えるとこならなんとかなりそうだけど……どっちにしろ夏休み中というわけにもいかない。だからそのうち、あの家に帰るしかなくなる。でも嫌だ。あの家に帰りたくない。

どうしよう。どうしよう。どうしよう。どうしよう。どうしよう。

「――――加瀬宮《かぜみや》？」

Furry

暗闇の雨音を突き破って、その声は私に届いた。

「………成海《なるみ》？」

私が、見間違えるはずがなかった。彼の声を、聞き間違えるはずがなかった。

「なんで……」

「家の居心地が悪いから、なんとなく出かけてたんだよ。お前こそなんでここにいるんだよ。家から離れてるだろ」

違う。なんで……あんたはいつも……私が一番傍《そば》に居てほしい時に、来てくれるの。

「………何があった」

なんで……傘を差し出してくれるの。私の心から、雨を消してくれるの。

「ごめん、成海《なるみ》。私………」

でもそんなことを言えるはずもない。

「………家出、しちゃった」

降りしきる雨の中。私にできるのは、泣きそうになる顔を必死にこらえることだけだった。

第一章　加瀬宮小白の味方

加瀬宮《かぜみや》は、降りしきる雨粒を遮る傘を持たず、暗闇の中で立ち尽くしていた。

今にも泣きそうな顔をしてずぶ濡《ぬ》れになっている目の前の少女が、俺にはなぜか全身に痛ましい傷を負っているようにも見えて。

そんな加瀬宮《かぜみや》を一人放っておくわけにもいかない。そんな選択肢は存在しない。

俺はコンビニに来た当初の目的などすぐに忘れ、ただ黙って彼女を傘に入れて、そして家に連れて帰った。家出というにはあまりにも準備の不足している加瀬宮《かぜみや》を一人、この暗い夜道に置いて帰るわけにはいかないし、ここからなら俺の家が近い。何より父さんも母さんも加瀬宮《かぜみや》のことが好きだしな。いきなり連れて帰ってても受け入れてくれるだろう。

その読みは当たった。ずぶ濡《ぬ》れになった加瀬宮《かぜみや》を連れて帰ると、父さんと母さんと辻川《つじかわ》の三人は揃《そろ》って驚いていたが、肩を落として俯《うつむ》くばかりの加瀬宮《かぜみや》の様子を一目見て「……とりあえず、お風呂《ふろ》入っていきなさい」と言って、家に上げてくれた。

消沈している加瀬宮《かぜみや》をとりあえず湯船の中に放り込んで一段落した辺りで、小柄な黒髪の少女が俺の部屋までたずねてきた。

「兄さん。お話、いいですか？」

辻川琴水《つじかわことみ》。この春、母親の再婚に伴って俺の義妹となった少女である。

勉強も運動もそつなくこなし、入学式では新入生代表挨拶まで務めてみせた、俺とは正反対の優等生。本来ならば義妹である彼女のことは下の名前で呼ぶことが適切なのだろうけども、俺はまだ家族に対するぎこちなさから『辻川《つじかわ》』と呼んでいる。

「……いいけど。加瀬宮《かぜみや》のことなら、俺も家出したこと以外は詳しく知らないぞ」

「そうですか。てっきり兄さんなら、もう少し詳細を把握しているのかと思ってました」

「『てっきり』ってどういう意味だよ」

「もう付き合ってると思ってましたから」

「………………ちげーよ。ただの友達だ。ヘンなこと言うな」

ただの友達。そう返すのに一瞬のラグが生まれた。本当なら考え込むまでもないことなのに。

だけど自然と考えてしまったのだ。加瀬宮小白《かぜみやこはく》は俺にとって、ただの友達なのかを。

「ふふっ。気に障《さわ》ったなら申し訳ありません。ですが兄の恋愛事情をつつくのも義妹《いもうと》らしいでしょう？　今のは我ながら義妹ポイントを自分に進呈したいぐらいです」

でたよ謎のポイント。貯《た》まったら何が起きるのかわからないやつ。

「……やけに機嫌がいいな。何か良《い》いことでもあったか？」

「ありましたよ。だって兄さんが、加瀬宮《かぜみや》さんを家に連れてきてくれましたから」

辻川《つじかわ》の言葉の意味をはかりかねていると、彼女は嬉《うれ》しそうに語る。

「いつもの兄さんを考えると、加瀬宮《かぜみや》さんと一緒に家出してもおかしくないですし」

辻川《つじかわ》が上品な笑顔と共に吐き出した言葉は、俺が頭の中で一瞬考えていたことだ。

加瀬宮《かぜみや》を連れて一緒にどこかへと消えてしまおうかと思った。家出をしたという彼女と共に、俺も家を出たかった。だけど傷ついたように立ち尽くす加瀬宮《かぜみや》を一刻も早く癒《い》やしてあげたかった。そのためには、この家に連れてくるというのが最善だと判断した。ここならすぐに体を温められるし、落ち着いて話をすることもできる。

「よかったです。兄さんが逃げなくて」

「……俺のことはいいだろ」

逸《そ》らすように、加瀬宮《かぜみや》が入っている浴室の方へと視線を移す。

「今はまず、加瀬宮《かぜみや》のことだ」

「元気づけるにしても励ますにしても、とりあえず落ち着いた方がいいですよ」

言いながら、辻川《つじかわ》は自分の額の真ん中あたりを指でつつく。

「眉間にシワが寄ってます。ちょっと怒ってたりします？」

「そうだな……ちょっと怒ってる、かもな」

コンビニの前で見つけた加瀬宮《かぜみや》からは、昼間に見せたような笑顔は消えていた。

明日から始まる夏休み。一緒に遊びにいく計画を立てた時は嬉《うれ》しそうだったのに。それを奪った誰かに対して苛立《いらだ》ちが募る。腹の奥底で熱が滾《たぎ》ってるような感じだ。……いや。今は腹を立ててる場合じゃないな。

「とりあえず兄さんは険しくなってるお顔を直すように。加瀬宮《かぜみや》先輩を元気づけたいなら、とりあえずわたしに任せてください。有事の際、兄に対して協力的な姿勢を示すのも義妹らしい行動のように思えますから」

「何か良《い》い考えでもあるのか？」

「はい。とっておきの秘策が」

一年生の主席合格者、学年第一位、生徒会役員という肩書きを持つ辻川琴水《つじかわことみ》がここまで自信満々に言い切るとは。どんな秘策なのか気になるな。

「ですがそれには兄さんの協力が必要です」

「構わない。加瀬宮《かぜみや》を元気づけるためならなんでもやる」

「ありがとうございます。それでは、今からわたしの言う物を速やかに用意してください」

俺は指示通りのものをご要望通り速やかに用意し、辻川《つじかわ》に託した。……正直、手渡したもので一体なにをするつもりなのかは見当もつかないが、ここは義妹を信じることにしよう。

「仕掛けは完了しました」

「そうか。他に何か俺にできることは？」

「兄さんは自分の部屋で待機していてください」

「……………それだけか？」

「それだけです」

「そ、そうか。わかった」

言われた通りに自分の部屋で待機するが……何も無さ過ぎて逆に不安になってくるな。辻川《つじかわ》のいう『秘策』の正体が全く摑《つか》めない。一体どうやって加瀬宮《かぜみや》を元気づけるつもりなんだ……？

（…………思えば……辻川《つじかわ》とこんなにも話したのは、初めてかもな）

実の父親から能力不足を理由に見切りをつけられたことをきっかけに、母親は再婚後、俺に黙って家庭内ルールを作った。

兄妹《きょうだい》の能力を比べないこと。俺の前で義妹の優秀さを称賛しないこと。

それ故に辻川琴水《つじかわことみ》は本来受けるべき称賛を受けることができない。

俺という不出来な子供に対しての、過剰な気遣い。

居心地が悪い。ただただこの家に居たくない。辻川《つじかわ》に対しての負い目もある。

だから俺は家に居る時間を最小限にするようになって、それ故に辻川《つじかわ》と言葉を重ねる時間も必然的に最小限になっていた。

（……加瀬宮《かぜみや》がいなかったら、こんなこともなかっただろうな）

そんな風に一人で考え込んでいると、

「………………成海《なるみ》？」

「……っ。加瀬宮《かぜみや》」

ドア越しから加瀬宮《かぜみや》の声が聞こえてきた。

「風呂《ふろ》、もういいのか」

「うん……ありがと。助かった」

「そうか」

「「…………」」

なんとなく会話が途切れて沈黙が流れる。なんだこの気まずさ。というか、加瀬宮《かぜみや》はなんで部屋に入ってこないんだ？

「……ドアの前で立ち話ってのもなんだ。入れよ。遠慮すんな」

「えっ……あ……」

「俺の部屋が嫌なら辻川《つじかわ》に頼んで部屋を使わせてもらうか。なんなら、下のリビングでも

……」

「そうじゃなくてっ。成海《なるみ》の部屋が嫌とか、そうじゃなくて……」

なんだ？　ドア越しに聞こえてくる加瀬宮《かぜみや》の声が少しおかしい。様子がヘンだ。

「この、服のことなんだけど……」

「服？」

家出をしてきたらしい加瀬宮《かぜみや》はスマホ以外に何も持っていなかった。ずぶ濡《ぬ》れになった服は今、洗濯機の中でまわっている。なので先ほど辻川《つじかわ》が脱衣所に行って着替えを置いて……ん？

そういえば着替えはどこから用意したんだ？　辻川《つじかわ》と加瀬宮《かぜみや》ではサイズが合わないだろうし。

「サイズが合ってないとか？」

「合ってない……といえば、合ってないけど……私には大きいっていうか……そういう問題じゃなくて」

辻川《つじかわ》の着替えだとサイズが合ってなくてまともに着られない、とかだと思ってたが、違うのか。

「わかんねぇ。……まあいいや。お前は何着てても可愛《かわい》いだろ。とにかく顔ぐらい見せろ」

「あ、ちょっ……！」

あんな泣きそうな顔してたんだ。今はどんな顔してるか確認しないと今夜は眠れそうにない。

「――――――」

ドアを開けて一秒もせず、俺は声を失った。

どこかで聞いただけの話だが、人間が得る五感による知覚の割合は、視覚が約八割を担《にな》っているのだという。そして今、俺の両の眼《め》から得た八割は、暴力的な情報で押しつぶされそうになっていた。

目の前にいる加瀬宮小白《かぜみやこはく》。彼女が着ていた服は確かにサイズが合っていない。それどころか、女性向けの服ですらない。というか、さっき俺が辻川《つじかわ》に提供した、俺が普段着ている半袖のTシャツだった。俺と加瀬宮《かぜみや》では体格が違うので、当然というべきか、明らかにぶかぶかだ。大手ファストファッションチェーン店で購入したお安めなシャツではあるが、それがどういうことか加瀬宮《かぜみや》が着るだけでまさに暴力的な眩《まぶ》しさというか、愛《いと》しさのようなものが視覚情報として叩《たた》きつけられてくる。

「……ごめん。なんか、お風呂《ふろ》から出たら、成海《なるみ》の服が置かれてて。上はこれしか着られるのがなかったから……」

もしかして辻川《つじかわ》が言ってた『秘策』ってのはこれか？

一体何がどう転んだら、これで加瀬宮《かぜみや》を元気づけることができるんだ？

「……一応言っとくけど、下はちゃんと穿《は》いてるからっ！」

「そ、そうか」

よく見ると俺が普段体育で使用しているクォーターパンツを穿《は》いている。穿《は》いてるって、体操着だけの話じゃないよな？　下着は……と、ここまで考えて思考を中断させた。藪蛇《やぶへび》過ぎる。

「……俺のシャツを置いたのは辻川《つじかわ》の仕業だ。すまん」

「あ、謝る必要とかないから。むしろ成海《なるみ》の方が嫌とかは……ない？」

「は？」

「だから、さ……自分の服。私が、着ちゃったから……」

「嫌なわけないだろ。逆に、お前はどうなんだ。嫌なら今からでも別の服を用意するけど」

「い、嫌じゃないっ！　それどころか――――」

加瀬宮《かぜみや》は何かを言いかけて、すぐに自分で口を塞ぐ。

「……………ごめん。今の無し。忘れて」

「わかった。忘れる」

先の言葉が気になるが忘れてと言われて了承した以上、忘れるしかない。

「まあ、とにかく入れよ」

「…………ん」

風呂上《ふろあ》がりのせいか赤くなっている顔で、こくりと頷《うなず》き、部屋に入ってきた加瀬宮《かぜみや》。

その様子を観察していると、ふと目が合った。

「な、なに？」

「辻川《つじかわ》が言ってたんだよ。お前を元気づけられる秘策があるって。……理屈はわからんが、その秘策とやらの効果があったみたいだな」

「…………うん。そーみたい」

加瀬宮《かぜみや》はシャツの裾回りをきゅっと摑《つか》みながら、柔らかい笑みを零《こぼ》す。

「あとで義妹ちゃんにお礼、言っとく」

「そうだな。あいつも喜ぶ……と、思う。……ほら、椅子。お前はこっちに座れ」

「え？　いいよ。私、ベッドに座るから」

「ちょっと目を離した隙に寝られても困る」

「……別に寝ないし」

「今にも寝そうな顔してるぞ。寝るなら、別の部屋とかの方が良《い》いだろ」

「なんで？」

「男子《おれ》が普段から使ってるベッドだぞ。気持ち的に嫌だろ」

「嫌じゃないよ。それどころかっ……」

加瀬宮《かぜみや》はやや食い気味に否定したあと、何かに気づいたように勢いがピタリと止まった。

それから僅かな逡巡《しゅんじゅん》の後、俯《うつむ》きがちになってぽつりと呟《つぶや》いた。

「………あんしん、するし」

「安心する？」

「うん。てかごめん。なんか、ヘンなこと言ってる……」

「ヘンじゃないだろ。お前が安心できるなら、なんであれ俺は嬉《うれ》しいし」

「………それなら、うん……嬉《うれ》しいなら……お言葉に甘えて……」

というわけで、なにやらもごもごとしている加瀬宮《かぜみや》にベッドを譲り渡す。

それから少しの間があって、俺の方から口を開く。

「……訊《き》いてもいいか？」

「何を？」

「家出のこと」

他人《ひと》の家の事情には踏み込まない。それが俺たち、ファミレス同盟の約束だ。

しかし、今は状況が状況だ。

「俺たち、同盟結んでるだろ。だから……いや、違うな」

頭の中で並べていた言い訳を全て消してしまう。

「……悪い」

「なんで謝ってんの？」

「お互いのことには踏み込まないって言ってたのにな。それが俺たちの同盟関係だろ。でも……やっぱ無理だ。雨の中で、あんな顔して突っ立ってた加瀬宮《かぜみや》のこと、放っておけない」

ああ、そうだ。俺にとって加瀬宮小白《かぜみやこはく》という少女は特別なのだ。

自分の掲げている主義を容易《たやす》く翻《ひるがえ》すことになってもいいぐらいに、特別だ。

「でもお前が話したくないなら無理には訊《き》かない。お前が話してくれるまでいつまでも待つよ」

「いつまでって、どれぐらい？」

「いつまでがいい？」

「……わかんない。十年って言ったらどうする？」

「お前が望むなら、十年でも二十年でも待ってやるさ」

「十年も二十年も一緒に居てくれるんだ」

「いくらでも。いつまでも。加瀬宮《かぜみや》が望んでくれるなら一生傍《そば》にいるし、どれだけ時間がかかったって、話してくれるのを待ってるよ」

「…………ばか。意味わかってから言え」

加瀬宮《かぜみや》は俺から目を逸《そ》らす。心なしか、さっきよりも顔の赤みが濃くなっている気がする。

「…………話すよ。今から」

「いいのか？」

「待ってくれるのは嬉《うれ》しいけど、たぶんずっと甘えちゃうから」

「甘えろよ。ちょっとぐらい」

「嫌だよ。成海《なるみ》に甘えはじめたら、ちょっとじゃ済まないし」

そう前置きして、加瀬宮《かぜみや》は詳しく話し始めた。

家出に至るまでの経緯を――――。

☆

「ねぇ、ママ。詳しく話してもらえる？」


ある単発のスペシャルドラマの撮影現場のスタッフたちは困惑していた。

撮影自体は順調で、今日もスケジュール通り……いや。予定よりも早い時間に撮影を終えた。それもこれも全ては、主役を担《にな》っている一人の女性による尽力が大きい。

共演者たちが悩めば寄り添い、解決する。トラブルがあれば柔軟な対応力で解決する。更には自身が演じるパートは全てNG無しの一発OK。スタッフや共演者たちに対する細かい気配りで現場の雰囲気を常に明るく和やかに保ちつつ、締める時は締める。

撮影が予定以上に進行しているのは、全てこの女性――kuon。本名、加瀬宮《かぜみや》黒音《くおん》の力に他ならない。

そんな彼女自身が今、トラブルの元となっていた。

今日の撮影自体は既に終えているのでスケジュール上の問題はないが、それでもドラマのスタッフや共演者たちにとっては衝撃だった。

「黒音《くおん》、一体どうしたというの？」

あのkuonが。加瀬宮黒音《かぜみやくおん》が、自身のマネージャーであり、母親でもある加瀬宮空見《かぜみやそらみ》に対して詰め寄っている。

その様子は周りの者ですら静かに怒りの炎を揺らめかせていることが丸わかりで、今にも胸ぐらを摑《つか》みそうな勢いだ。常に現場の空気を良くするために振るまってきた今までの彼女からすれば、ありえない行動だった。

「……聞こえなかった？　それともまだ理解してない？　ああ、そう。じゃあママにもわかりやすいように言ってあげる」

そして彼女は、撮影の時ですら見せなかったほどの迫真の眼《まなこ》で、実の母親を睨《にら》みつける。

「私が優しくしてやってるうちに説明しろって言ってんだよクソババア。小白《こはく》ちゃんを家から追い出したとかいう、ふざけた話を」

☆

加瀬宮《かぜみや》は俺に話してくれた。母親に夏休みの間は家に居るように言われたこと。それを拒否したこと。家から出て行くように言われたこと。感情のままに家から飛び出してしまったこと。

「……なんか、自分が子供すぎて嫌になる」

「子供だろ。お互い」

「そうだけど、そうじゃなくて」

「わかってる」

自己嫌悪《けんお》したようにうずくまる加瀬宮《かぜみや》。

加瀬宮《かぜみや》に自分自身を嫌いにならないでほしいと願ってしまうのは、俺のワガママだろうか。

「わかってるから。俺の前では子供でいろよ。同じ子供なんだから」

「そういうこと言われると、ますます自分が子供っぽく感じて悔しい」

「大人になりたいのか？」

「そうかも。少なくとも、成海《なるみ》ぐらいには」

「俺は別に大人じゃねーぞ」

「私からはそう見えるし」

「どんなとこが？」

「こう……余裕な感じが」

「別に余裕なんかないけどな」

「……それが余裕あるっぽい」

「そう見えるなら、それは加瀬宮《かぜみや》のおかげだよ」

今思い返すと一学期の頃の俺は、心に余裕があまりなかったように感じる。

この家に帰るまでの道のりは、鋭利なまきびしを踏みしめているようだった。この家で息をするだけで肺の中に鉛を詰め込んでいるようだった。日常そのものに心が疲弊していた。だけど加瀬宮《かぜみやこ》小白《はく》と出会い、『ファミレス同盟』を結んで、時間を一緒に過ごしていくうちに、ほんの少しずつだけど、心から疲労のようなものが溶けてなくなっている感じがする。

「なにそれ。むしろ私の方が色々してもらってるんだけど」

「わからなくていいよ。むしろかっこつけさせてくれ」

……だから俺は決めている。どんなことがあったって、加瀬宮《かぜみやこ》小白《はく》の味方になると。

「それで、加瀬宮《かぜみや》。お前……これからどうするんだ」

「……わかんない。まだ何にも決めてない」

「家に帰る気はあるか？」

「……帰りたくない」

加瀬宮《かぜみや》は俯《うつむ》き、体を丸めて自分の体を抱きしめる。

途方に暮れた子供が泣きたくなるのを我慢して堪えているようだった。

「……あの家に帰りたくない。でも、何がしたいのかもわからない。いっそ、どこか遠くに消えたいって……そんな、子供みたいな、バカな考えばっかり頭の中でぐるぐるしてる」

一度、風呂《ふろ》に入って落ちついて、冷静になって――冷静になったからこそ、打開策が何もない状況を理解できてしまっているのだ。

「……でも結局は、家に帰って頭を下げるしかないんだよね。いつもみたいに」

話していくうちに加瀬宮《かぜみや》の中で心の整理がついているのだろう。

「家出なんて現実的じゃないし。私みたいな、駄々をこねてるだけの子供ならなおさら」

言葉の一つ一つ、音の一つ一つが諦めたように奥底へと沈殿していく。

「……………うん。今日はありがと。助かった。紅太《こうた》ママたちにちゃんとお礼言ってから、家に帰る。ほんと、ダサいけど。でもさ。成海《なるみ》がいてくれたから、私……」

「――――じゃあ、一緒に家出するか」

「………………………………えっ？」

ぽかん、という言葉を当てはめたくなるくらいに口を開いたまま、加瀬宮《かぜみや》は固まっていた。

青空の澄んだ部分だけを包み込んだような蒼《あお》い目を丸くして、ゆっくりと言葉を紡《つむ》ぎ出す。

「それって……どういう……」

「言葉通りの意味だよ。俺とお前で家出する。とりあえず明日は始発に乗るか。当面は……そうだな。夏休み前に遊びの計画立てたろ。あれ使おう。せっかく家出するんだ。楽しまなきゃ損だし、俺も加瀬宮《かぜみや》と楽しみたいし」

「ち、ちょっと待って！」

「お金の問題なら心配するな。家出用の軍資金ならアテがある」

「そうじゃなくて！　家出って……本気？　冗談じゃなくて？」

「加瀬宮《かぜみや》が冗談にしたいなら冗談ってことにする」

家に帰る。その気持ちが加瀬宮小白《かぜみやこはく》の本心ならいい。止めはしない。

「でも俺は、家出を冗談にしたくない。加瀬宮《かぜみや》には笑っててほしいし、泣いててほしくない。涙を流すなら拭ってあげたいし、悲しんでるなら楽しませたい。この気持ちは本気だよ」

俺は加瀬宮小白《かぜみやこはく》の同盟相手であり友達だ。付き合いは短いけれど、深く濃いと勝手に思ってる。そんな俺からすれば、さっきの家に帰るという言葉が本心だとは思えない。

何か他に選択肢があるならそれを選んでいる。だったら俺はその選択肢を作りたい。

「……なんでそこまでしてくれるの」

ごく当然の疑問。その答えとなる瞬間は、俺の左手の中で既に咲いていた。

「俺に花丸をつけてくれたから」

――よくがんばりました。

そう言って、加瀬宮《かぜみや》が俺の左手に書いてくれた花丸マーク。

子供の頃、欲しくて欲しくてたまらなかった言葉。だけどもらえなかった言葉。

それを、加瀬宮小白《かぜみやこはく》はくれた。

「それだけの理由で……？」

「それだけの理由があれば十分だろ」

だってそれは加瀬宮《かぜみや》も欲しかったはずの言葉だ。

欲しくて欲しくてたまらなかったはずの言葉だ。

自分も傷ついてボロボロのくせして、俺にくれたんだ。

「もう決めてるんだよ。俺は加瀬宮《かぜみや》の味方になるって」

「……本当は私が悪いかもしれないじゃん。ママにワガママ言って家を出て、成海《なるみ》を騙《だま》して、困らせてるだけかもしれないじゃん」

「本当はお前が悪かろうが、俺を騙《だま》していようが、なんだろうが構わない。前にも言ったろ。たとえお前が世界を滅ぼす魔王になったって、俺は加瀬宮《かぜみや》小白《こはく》の味方だって」

「…………あぁ、もう……」

加瀬宮《かぜみや》はベッドにぱたりと倒れ込み、俺から顔を隠すように布団《ふとん》を被《かぶ》る。

「だから、そんな風に甘やかさないでよ」

「だから、甘えろって言ってんだよ」

布団《ふとん》で顔を隠しつつも、加瀬宮《かぜみや》はようやく目だけは合わせてくれた。

「……ホントに甘えてもいい？」

「いいぞ」

「……いっぱい甘えるかも」

「受け止める」

「……甘やかされ過ぎて、ダメな子になるかも」

「加瀬宮《かぜみや》はそれぐらいが丁度いい」

「……ワガママ言うかも」

「なんでも言えよ。叶《かな》えてやる」

「…………」

言いたいことは言い切ったのだろうか。加瀬宮《かぜみや》は布団《ふとん》にくるまったまま動かない。

「……じゃあ、さっそく一つ言ってもいい？」

「どうぞ」

一瞬の間。仄《ほの》かな躊躇《ためら》いと、微《かす》かな迷いと、差し出された手をとろうとする意志が滲《にじ》んだ沈黙。

「…………私と一緒に逃げて」

今にも泣き出しそうな震えた声音。拒絶を恐れる幼子の声。

「わかってる。成海《なるみ》に迷惑かけるってこと。この家の人たちに……成海《なるみ》の家族に、迷惑かけるってことも。それでも……ごめん。本当に勝手なワガママだけど。でも…………一緒に、逃げてほしい。成海《なるみ》と、一緒がいい」

加瀬宮《かぜみや》小白《こはく》という少女にとってはとても勇気の要ることだったであろう言葉。

だけど彼女は確かにソレを口にした。いつもなら諦めることが前提だったその願いを。望みを。大人にとっては浅はかで陳腐でしかない、だけど俺たち子供にとっては真剣なワガママを。

「お前が望むなら、一緒に逃げるよ。どこでも、どこまでも……いつまでも」

布団《ふとん》の隙間から差し出された手をとる。

嚙《か》みしめるように指を絡《から》める。結び合う。決して離れないように。誰にも千切れないように。

☆

嚙《か》みしめるように指を絡《から》める。結び合う。決して離れないように。誰にも千切れないように。

それから成海《なるみ》は何も言わず、ただ私の傍《そば》にいてくれた。

時が未来を刻む度、私の中で何かが育まれていく。

甘い熱を持った果実のようなそれは、確かに育っている。

（…………熱い）

お風呂《ふろ》から上がって、すっかり熱は冷めているはず。この部屋には冷房もあって、冷気は十二分に満ちている。それなのに――――熱い。

鼓動も速く激しくなって、心が震えるたびに果実が熟していくような。

「――――……」

疲れがたまっていたのだろうか。次第に瞼《まぶた》が下りていく。

目の前が闇に包まれていく。でも怖くない。冷たくない。とても心地いい暗闇。

さっきとは違う。街灯で仄《ほの》かに照らされていた闇はもっと怖かった。冷たかった。

何が違うんだろう。部屋の中にいるから？　暖かい布団《ふとん》の中だから？

（ああ……そっか……）

答えはすぐに出てきた。目の前にあった。考えるまでもなかった。

（成海《なるみ》が、いるからだ……）

だから怖くない。眠ることも。目の前が闇に包まれることも。

状況は何も変わっていない。それどころか私は成海《なるみ》を巻き込んでしまった。

なのに私は今、安心している。これ以上ないぐらいに。

「なるみ。なるみ。なるみ」

意識が遠ざかっていく。心地良い夢という名の沼の中に沈んでいく。

巻き込んでごめん。私がバカな子供だから巻き込んだ。

「……………ごめんね」

「成海《なるみ》にいっぱい迷惑かけてる」

ごめんね。ごめんね。成海《なるみ》。

「成海《なるみ》に迷惑かけてるのに安心してる。一緒に逃げてくれるって言ってくれて喜んでる。本当は安心しても、喜んじゃいけないのに………」

成海《なるみ》と一緒に逃げられることが嬉《うれ》しい。

成海《なるみ》と一緒に過ごせることが嬉《うれ》しい。

「謝るなよ」

成海《なるみ》の優しい声一つで、熱を孕《はら》んだ甘い果実が育まれていく。絡《から》めた指が僅かになぞるように動くだけで、優しく髪を撫《な》でてくるだけで、少しずつ、だけど確かに育っていく――

「迷惑じゃない。俺も、心の中じゃ喜んでるんだ。加瀬宮《かぜみや》と一緒に逃げることができて」

――私の中で成海紅太《なるみこうた》という男の子の存在が、どんどん大きくなっていく。

「…………ありがとう」

一つ、また一つと、甘い熱の果実が育まれていくことを感じながら、私は夢の中に落ちた。

第二章　まずは買い物から

　簡単な荷造りを手早く済ませた俺は、小白《こはく》を連れて居心地悪いことこの上ない家を出た後、二人で始発の電車に飛び乗った。ちなみに荷物はボストンバッグ一つである。家出という行為の性質を鑑《かんが》みて機動力を重視した結果だ。キャリーケースだと目立つし。

「やっぱこの時間帯だと人少ないなー」

　始発ということもあって、今乗り込んでいる車両には俺と小白《こはく》以外の乗客は誰も乗っていない。この小さな鉄の箱の中は、俺たち二人だけの宇宙のようだ。

　空間に満ちる朝の冷たい空気。窓から差し込む朝日。僅かに舞う埃《ほこり》。この二人ぼっちの宇宙を構成する要素の一つ一つが愛おしく、心地良い。

「…………ん。そーだね」

「なんだよ。そんな縮こまって」

「や。大丈夫なのかな、って……家の人とか、色々」

「加瀬《かぜ》宮《みや》と旅行にいくって書き置きはしてきたし、しばらくはこれで大丈夫だろ。それに嘘《うそ》でもないしな。ただ期限を書いてないだけだ」

下手に騒ぎになって警察に捜索願とか出されても面倒だから当分はこれでごまかしていこう。

スマホからの連絡はアプリをミュート設定にして未読無視を決め込む。とはいえ順調に家出が続けば、それにも限界は来るだろうけど。

「…………成海《なるみ》」

「だから謝るのは無しだって」

「う……な、なんでわかったの？」

「わかるよ。加瀬宮《かぜみや》のことなら」

加瀬宮《かぜみや》は申し訳なさそうにしている。自分の家出に巻き込んだ、という意識が強いのだろう。

「せっかくなんだから楽しめよ。俺は加瀬宮《かぜみや》との時間を楽しんでるぞ」

「私だって成海《なるみ》と一緒にいる時間を楽しみたいけど……ヘンじゃない？　家出を楽しむとか。そもそも何を楽しめばいいのかよくわかんなくない？」

「景色とか」

「景色……」

促すと、小白《こはく》はしぶしぶといった様子で窓の外の景色を眺めはじめた。

「…………このあたり、あんまり来たことなかったかも」

何の変哲もない街中の景色。新幹線に乗って遠くの土地に行くほどじゃない。

だけどその物珍しくもない平凡な景色は、紛れもなく家から遠ざかっていることの証《あかし》。

「あんなとこに公園あったんだ……知らなかったな」

小白《こはく》の世界が少しずつ、広がっていることの証明。それが自分のことのように嬉《うれ》しい。

「ちょっと楽しくなってきただろ」

「……っ。いや、別にそういうわけじゃっ」

「否定しなくていいって。むしろそれでいいんだよ」

それからしばらく、俺たちは電車に揺られ続けた。景色は徐々に見慣れぬものとなっていき、時を重ねるにつれて車内にも少しずつ人が増えてきたあたりで、俺たちは電車を降りた。

「これからどこ行くの？」

「どこも何も、いつもの場所だよ」

加瀬宮《かぜみや》を促すように向けた視線。その先にあるのは見慣れた看板。親しみやすさと温かみを感じるフォントで、『ファミリーレストラン　フラワーズ』の文字が装飾されていた。

「……チェーン店だから、同じ看板があるのは当たり前なんだけどさ。あんまり来たことのない場所に見慣れたものがあると……なんか、安心する」

「同感。じゃ、いこーぜ。この時間帯ならモーニングもやってるし、まずは朝飯だ」

全国チェーン店だから看板や店のロゴは同じとはいえ、店舗によって大きさも広さも異なる以上、店内の構造までは同一とはいかない。俺たちが放課後に利用している『いつもの店』とは違うものの、それでもやはり慣れ親しんだ雰囲気は安心させてくれる。それは加瀬宮《かぜみや》も同じなのだろう。店に入ってから、表情に滲《にじ》んでいた不安が和らいでいた。

「好きなだけ頼め。じゃんじゃん頼め。なんならデザート全品制覇してもいいぞ」

「そんなに入るか」

「いつもの加瀬宮《かぜみや》なら入るだろ」

「いつものって……食いしん坊のお子様って言いたいわけ？」

「最近気づいたんだけど、俺は加瀬宮《かぜみや》がたくさん食べてるとこを見るのが好きなんだよ」

「意味わかんないんだけど」

「正直、俺もなんでかはよくわからん。でも好きなんだよな」

「――……っ……てか、食べてる時の顔見るなっ」

食べている時の顔を見られていたのが恥ずかしいのか、顔を逸《そ》らす加瀬宮《かぜみや》。ファミレスでこんなやり取りをしていると、まるで今が『いつもの放課後』のように思えてくる。

「食べてる時の顔うんぬんはともかく、だ。今日は色々と動かなきゃいけないからな。朝はちゃんと食べて、エネルギーためとけよ」

「色々……？」

「注文してから話すよ」

最終的に俺と加瀬宮《かぜみや》はスクランブルエッグのモーニングセットを注文した。サイドにトーストを選びつつ、加瀬宮《かぜみや》はそこにパンケーキを追加で注文した。

「……モーニングはあんまり来ないし、前から気になってたの」

と、言い訳するようにパンケーキと一緒に言葉を付け加えた様子は、とても可愛《かわ》らしい……と思ったが、口には出さないでおいた。言えば加瀬宮《かぜみや》はまた「子供扱いされた」と怒るだろうから。……怒った顔も可愛《かわい》いんだから無敵すぎるよなこいつ。

「とりあえずこれからの大まかな予定についてだけど」

加瀬宮《かぜみや》にも見えるように、テーブルの上にスマホを置く。

画面に表示されているのは『夏休みの計画書』という文字。

「昨日も言ったと思うけど、夏休み前に立てた計画に沿って動こうと思う」

「計画は計画でも遊びの計画だし、初日から崩れてるけど」

「細かいことは気にすんな。ようは楽しめればいいんだよ、楽しめれば」

それにこの計画の元々の叩《たた》き台《だい》は『夏休みのご褒美《ほうび》リスト』であり、そのご褒美《ほうび》も期末テストの勉強に力を入れたことに対するものだ。学生としての本分を果たした上での遊びの計画だし、そう悪いものでもないだろう。家出はしてるけど。

「で、その計画の一個目はさっそく達成したわけだ」

スマホの画面を操作して、『フラワーズ』の公式アプリを開く。すると、明るく華やかなフォントで『ファミリーレストラン、フラワーズ。三百店舗達成記念夏休みスタンプラリー企画】と記載された画面が表示された。企画の内容は単純で、各店舗でスタンプを一つずつもらって、五つ集めれば景品やクーポンと交換してもらえるというもの。

画面にはスタンプカードを模した枠があり、一定金額をこえた会計時にアプリを提示すれば、ここにスタンプが貯《た》まっていく仕組みなのだろう。

「……ああ、そっか。スタンプ。だからこの店に来たんだ」

「この店で一つ手に入れたから、あと四つだな。いきなり一つ達成だ。幸先《さいさき》いいだろ。それで、だ……今日は計画書のこれやるぞ」

スマホ画面に表示された計画書の、ある一点を指で軽く叩《たた》く。

「……『買い物』」

「そう。買い物」

「なんか、改めて見てみるとシンプルだよね」

「『買い物』の三文字しか書いてないからな」

「しかも何買うかとかも書いてないし」

「色々とアテもなく見て回る予定だったからな」

俺たちは顔を見合わせて――二人で一緒に軽く吹き出した。

「すっごいアバウトな計画書」

「誰が作ったんだかな」

「ほんとにね。てか……うん。浮かれてたんだなーってのがわかるよね。これ見てると」

「すっげー楽しみにしてたからな。夏休み」

「楽しみにしてた。……あー。やっぱりママのこと、ムカついてきた。こんなにも楽しみにしてた夏休みに水差されたんだもん」

よかった。加瀬宮《かぜみや》もようやく元気が出てきたみたいだ。最初にファミレスに来て正解だった。

「夏休み前にはノープランだったこの『買い物』だけど、今はもう事情が変わったからな。買うものはもう決まってる」

「そうなの？」

「そうなのって……気づいてないのか？」

「えっ？」

どうやら本当にまだわかってない……というか、気づいてないらしい加瀬宮《かぜみや》。

俺は視線を向けながら、ただ一言。

「服」

「………………………あっ」

昨日は俺のシャツを貸したりしたものの、今は加瀬宮《かぜみや》が家出した時に着ていた服を身に着けている。だが、結局はただのルームウェア。シャツとショートパンツといったラフなもの。

さすがにこの服装のままずっと外をうろついているわけにもいかない。

「そういえば、私……この服のまま……」

幸いにして早朝だから人の数も少ないものの、ここからは人の数も増える。人の数が増えれば視線も増える。こんなラフな格好のままにしてはおけない。着替えの問題もあるので服の確保は加瀬宮《かぜみや》にとって急務なのだが、様子を見た限り、本人は一切気づいていなかったらしい。

「加瀬宮《かぜみや》って、抜けてるとこあるよな」

「……うるさい」

今更になって恥ずかしくなってきたようで、頬に仄《ほの》かに赤みがさしていた。

そういう顔がたまらなく愛らしい……と、ごく自然に思ってしまう自分がいる。

「開店時間を待って服を買いにいく。あと荷物を入れて持ち運ぶための鞄もいるな。俺と加瀬《かぜ》宮《みや》の荷物を一緒に入れとくわけにもいかないし……そんな感じで、午前中は当面の生活に必要なものを揃《そろ》える。昼はそのへんの店で済ませるとして……あとは今日の宿を探さないと」

ベースとなる夏休みの計画があるとはいえ、この家出自体が突発的なものだ。本来の計画とはズレも出ている。今後も即席スケジュールを組み立てていくことになりそうだ。

「…………」

「……どうした？」

今日の予定を組み立てていると、加瀬宮《かぜみや》がじっと俺の顔を見つめていることに気づいた。

思えばこれは俺一人の家出じゃない。加瀬宮《かぜみや》の意見も聞いておくべきだった。

「なんか、慣れてるなーって。もしかして、家出経験者？」

「慣れてねーよ。家出を実行するのは初めてだ」

「……考えてたことはあるんだ？」

「あるよ。家から逃げ出したいって思うと、選択肢の一つとしてよく浮かぶ。家出したらどうなるんだろうとか、家出するとしたらどうしようとか、そういうのも色々考えたりしてさ。加《か》瀬宮《ぜみや》だって経験あるだろ？」

「まあ、ね……頭の中で色々考えるけど、家出するだけの勇気もきっかけもなくて。未来に対する不安も拭えなくて……結局、中途半端《ちゅうとはんぱ》な逃げ方しか選べなかった」

「実際、そんなもんだろ。俺だって同じだ。家出する勇気もきっかけもなくて、未来に対する不安も拭えない。だから中途半端《ちゅうとはんぱ》な逃げ方を選んだ」

俺たちは中途半端《ちゅうとはんぱ》なんだ。『子供のワガママ』の範疇《はんちゅう》でしかない。

大人から見ればさぞかし滑稽なことだろう。

「でも、そういう中途半端《ちゅうとはんぱ》な逃げ方をしたから、俺たちは出会えたんだろ」

「……うん。そうだね。そうだったね」

逃げたからこそ出会うことができた。中途半端《ちゅうとはんぱ》だったからこそ出会うことができた。逃げるだけでは解決しない。問題を先送りにしているに過ぎない。だけど逃げることは悪いことばかりじゃない。逃げた先で得られるものがある。それが俺たち『ファミレス同盟』という関係だ。

「お待たせしました。スクランブルエッグのモーニングセットと、パンケーキになります」

注文していたモーニングセットとパンケーキが運ばれてきた。

話に区切りがついたタイミングだし、お腹《なか》も減ってきたところだ。丁度いい。

「まずは食べるか」

「だね」

俺と加瀬宮《かぜみや》は互いに顔を見合わせた後、手を合わせる。

「「いただきます」」

☆

辻川琴水《つじかわことみ》の視線は、一枚の紙きれに注がれていた。

白紙のメモ帳に記されている簡素なメッセージ。書いた主は、成海紅太《なるみこうた》。

「旅行……？」

加瀬宮《かぜみや》小白《こはく》と旅行にいく。たったそれだけの内容しか記されていなかった。

――家族に対して、たったそれだけ、だ。

「…………」

父も、義理の母も、この簡素なメモを見て、諦めたように笑うだけだった。

夏休みだ。友達と旅行の一つぐらい、普通のことだと。

それに前から友達と旅行に行くという話も聞いていたし、と。

(――そんなの、言い訳に決まってる)

メモを握る指に力が籠もる。

ぐしゃり、と。紙は力に逆らうことなく歪《いびつ》なシワを刻んだ。

友達と旅行。確かにソレは普通なのかもしれない。だが、あの義理の兄の場合は違う。

(これは、家出だ)

あの義理の兄が、この家を、家族を、避けていることぐらいわかっている。

――いつもの兄さんを考えると、加瀬宮《かぜみや》さんと一緒に家出してもおかしくないですし。

昨夜、懸念《けねん》した通りに。

――よかったです。兄さんが逃げなくて。

疑った通りに。

(あの人は――――)

義兄《あに》はまた、家族から逃げたのだ。

「…………どうして」

父は出勤し、義理の母は自室で仕事に取り組み、誰も居なくなったリビングで一人、呟《つぶや》く。

白と旅行
紅太

「どうして……普通の家族でいてくれないんですか、あなたは」

☆

朝食を取り終えた俺たちは、食事で中断していた今日の行動についての会議を行っていた。

会議と称すると仰々しい感じがするが、やっていることは当面の行動に必要なものを洗い出して買い物リストを作っているだけなんだけど。

「うー……やっぱり、色々と揃《そろ》えるとお金かかるよね」

「気にするな。アテがあるって言ったろ」

「そのアテって、訊《き》いてもいいやつ？」

「そういえば話してなかったか」

すっかり忘れていた。というか、俺としても不本意な資金源だからか、無意識のうちに言葉にするのを避けていたのかもしれない。

「もともと、ファミレス以外に使い道がなくて貯《た》め込んでたバイト代と……実の父親から定期的に振り込まれてくる養育費だよ」

不思議と喉が渇いた。グラスに口をつけ、注がれたメロンソーダで喉を潤す。

「あいつは完璧主義者だったからな。離婚した後、金目当てに縋《すが》られたくないから、文句を言わせないだけの額を振り込んでくるんだ。ご丁寧にも、俺宛ての口座にもお小遣いって名目でな」

傍《はた》から見れば情があるからこその行動に見えるだろう。

だがそれは違う。おめでたい勘違いだ。あいつは潔癖なまでの完璧主義者。金は繋《つな》がりを断ち切るための道具。要するにあいつが言いたいのは「生活に困らないだけの金はやるから文句は言うな」「だから二度と干渉してくるな」だ。あのクソ親父《おやじ》の望む通りの完璧になれず、切り捨てられた俺には解《わか》るし、きっと母さんもそれは理解していることだろう。

「俺に振り込まれた分は手をつけたことがなかったからな。かなりの額が貯《た》まってる。当面の資金としては十分すぎるぐらいだ」

正直、使うのは癪《しゃく》だけど、背に腹は代えられない。

俺個人の問題よりも、どんな手を使ってでも、今は加瀬宮《かぜみや》の力になりたい。

「……ごめん」

「だから謝らなくていいって。迷惑かけられてるとかじゃ――――」

「そうじゃなくて」

言葉を遮った加瀬宮《かぜみや》と、目が合う。

「……悔しいよね。お金目当てにすり寄ってくる人間って、勝手に決めつけられて」

「――――っ……」

加瀬宮《かぜみや》が零《こぼ》した言葉は。まるで、俺の心の中から掬《すく》い取《と》ったようなもので。

俺の心の奥底に沈殿していた、憎悪《ぞうお》にも似た悔しさ。

「勝手に決めつけて、お金で黙らせるようなことされて……悔しいよね。使いたくないよね、そんなお金……だから、ごめん」

「…………いいよ。その言葉だけで、報われる」

ああ、本当に。加瀬宮《かぜみや》はなんでわかるんだろう。報われるような言葉を、くれるんだろう。

勘弁してほしい。どんどん加瀬宮《かぜみや》を幸せにしないと気がすまなくなってしまう。

「むしろ丁度いい機会だと思ったんだよ。貯《た》まれば貯《た》まるほど気分も悪かったし。だから一度、ここで一気に使うのもいいかもって。これは本当だ」

こんなお金でも、加瀬宮《かぜみや》を笑顔にできるのなら。本当に報われる。

「悪いって思ってるなら、遠慮なく使ってほしいし、使わせてほしい。それでいいか？」

「……うん。成海《なるみ》がそれでいいなら、いい」

いいに決まってる。むしろ、一番悔しさが晴れる使い方だ。

「そーいうことだから、当面の資金について心配する必要は無し。あとは明日以降の行動予定を詰めていくのと……問題は、宿だな」

「未成年でホテルに泊まるのって親の同意書がいるんだっけ」

「そ。俺たちには手に入れられない激レアアイテムだ」

親の同意書。そんなものが、家に居場所がなく、家族からも逃げている俺たち『ファミレス同盟』に用意できるはずもない。

「あんまり大きな声じゃ言えないけど……一応、親の同意書ナシに入ることができるホテルも探せばある。チェックインが無人だったり、そもそも同意書の有無を求められなかったり。そういうホテルは夏樹《なつき》に頼めばリストアップしてくれるだろうけど、まあ最終手段だな」

トラブルを生むのは出来るだけ避けたい。俺だけならともかく、今の加瀬宮《かぜみや》には致命的だ。

「だから今日は、ファミレスに泊まるっていうのはどうだ？」

「え？　ど、どういうこと？」

もっともな疑問に対して俺はフラワーズの公式アプリを開いて、店舗検索から条件をつけて検索。目的の店舗を絞り込んだ。

「俺たちが今いる場所から離れたところにあるこの店舗、二十四時間営業してるんだ。この店なら朝まで粘れる。調べてみたら近くに日帰り温泉もあるみたいだし、風呂《ふーろ》とかはそこで済まそう。今って二十四時間営業してる店舗は少ないからな。どこにでもあるわけじゃないし、使えるうちに使っとくのがいいと思うんだけど」

俺の提案に加瀬宮《かぜみや》は目を丸くして。だけどすぐにふっと笑う。

「なんか、いいね。私たちらしくて」

「『ファミレス同盟』だからな。俺たちは」

俺もまた、そんなことを言って笑い返す。

しんどいかもしれないけど、俺たちらしいといえばらしい初日の宿だ。店の人からすれば迷惑かもしれないけど、心の中で謝罪しつつ、できるだけ多めにメニューを注文しよう。

その後、また少し話し合いや調べものをした後、俺たちは会計を済ませてファミレスを出た。

会計の際、支払いが一定額をこえたので、フラワーズの公式アプリに花をモチーフにしたスタンプマークが表示され、五つある空白の一つが埋まる。このスタンプを五つ集めることが家出のゴールというわけではないし、一つ埋まったからといって何かが進展したわけでもない。それでも、俺たちはこの先が見えない家出という旅路が、一つ前進したような気がした。

「そういえばこれ、景品がもらえるって書いてあるけど、どこでもらうんだろ？」

「各店舗でもらえるって書いてあるな」

「ふーん？　色々選べるみたいだけど……成海《なるみ》はどれにしたいとかある？」

「未定」

「私も」

「スタンプ集めるのが目的になってるな」

「だね。景品が欲しいっていうより、成海《なるみ》と一緒に集めること自体が景品っていうか……」

と、言ってから数秒経《た》って、加瀬宮《かぜみや》は自分の発言が恥ずかしく思えてきたらしく。

「……………ごめん。今の忘れて」

「無理だな。墓に入っても覚えてる」

「無理でしょ」

「できる」

「どうやって？」

「こんな嬉《うれ》しい言葉、死んでも覚えてるに決まってる」

どれだけ嬉《うれ》しいか、どれだけ言葉を尽くしても語ることは難しいだろう。もどかしい。

「そもそも、言葉を気にしてる場合じゃないだろ。加瀬宮《かぜみや》は」

「う………」

周りを気にするように、身に着けているシャツに視線を落とす加瀬宮《かぜみや》。

「お前が家から着てきた服を除けば、あとは俺の分を貸してやることぐらいしかできないし、いつまでも俺のシャツを着てるわけにもいかないだろ」

「………………それは意外と……アリ……かも……？」

「無しだろ。別にシャツぐらい何時《いつ》でも幾らでも貸すけど、色々と……困るんだよ」

何が困ると言われれば、それこそ言葉に困るけど。

………困るな。うん。困る。

「……そ、そうだね。うん。困るよね……言われてみれば、私も困る……かも」

「なんで目ぇ逸《そ》らすんだ」

「気にしないで」

そう言われると気になるところではあるが、ここで深掘りしても意味はない。

言われた通り気にしないようにしながら、俺たちは駅前にある大型の複合商業施設に入った。

壁に掲示されていた館内マップを確認。目的のファッションフロアまで直行し、その中にあるアパレルショップの一つへと入店する。白を基調にした清潔感と上品さを両立した店内には色とりどりの衣服が揃《そろ》っている。ディスプレイの構成もセンスがいい。まだ開店して間もない時間帯だというのに、既にそれなりに客が入っているのも納得だ。

「家出してる時って、どんな服買えばいいんだろ？」

「好きな服買えばいいだろ」

「や。一応、逃亡者？　みたいな感じじゃない？　目立たない服とかの方がよくない？」

「たとえば？」

「顔を極力隠すために帽子とか、伊達《だて》メガネとか、マスクとか……あとは夜の闇に紛れられるように黒い長袖のパーカーとかで、全身黒ずくめにするとか……」

「少し想像してみてくれ。帽子をかぶって、伊達《だて》メガネかけて、マスクをつけて、この真夏に黒い長袖のパーカーを着て全身黒ずくめになったやつを、世間はどんな目で見るかを」

「不審者だ」

「取り返しがつかなくなる前に気づいてくれてよかったよ」

小白《こはく》って凝り性なところがあるけど、それがヘンな方向に暴走することもあるんだな。
それはそれで可愛《かわい》らしい一面ではあるけど、注意しておこう。

「確かに警戒するに越したことはないけど、加瀬宮《かぜみや》の場合はそれで勝手に消耗して自滅しそうだからなぁ」

「うっ。それはあるかも……」

「そんなことになるぐらいなら好きな服でも着てた方が良《い》いだろ。そっちの方が加瀬宮《かぜみや》の気持ち的にも楽になりそうだし」

「…………」

「……なんだよ」

「……成海《なるみ》って、私のこと、私よりわかってる気がする」

「そうかもな」

「なにその嬉《うれ》しそうな顔」

「嬉《うれ》しいから嬉《うれ》しそうな顔してるんだよ」

加瀬宮《かぜみや》のことを知ることができている。それがたまらなく嬉《うれ》しい。
この気持ちは何だろう。何でだろう。優越感ともまた違う。ただ嬉《うれ》しくて、それだけでもなくて……もっと、他にも………。

「そういう加瀬宮《かぜみや》も嬉《うれ》しそうな顔してる」

「え？　ウソ」

「本当に。写真、撮って見せてやろうか？」

「やだ。やめて。無理。恥ずかしいから」

（…………『愛おしい』だ）

笑っている加瀬宮《かぜみや》を見ていて、ふと浮かび上がってきた言葉。

どうして最初から浮かばなかったのか不思議なぐらいに、ストンと胸の中に納まった。

（愛おしい。うん。なんか、しっくりくるな）

だけどそれは、友達に使う言葉として適切なのだろうか。実際の答えはわからないけれど、
俺は加瀬宮《かぜみや》に対して……友達以上の何かを、感じていた。それだけは確かだ。

加瀬宮《かぜみや》を甘やかしたい。幸せでいてほしい。この抱いてしまう願いの根源。

その名前を、俺は――……きっと、知っている。

断章　黒い足音

シンガーソングライターkuon。本名、加瀬宮黒音《かぜみやくおん》。

デビュー曲『天使の翼』のMVが動画サイトで公開後、一週間で一億再生を突破。

あらゆる音楽配信サイトでランキング一位を当然のように獲得し、あらゆる売り上げや記録を息をするように塗り替えた。彼女の曲を採用したCMの商品やサービスは全て例外なく大ヒットを記録し、既存の記録を塗り替える。それどころか本人がゲストとして出演したテレビドラマの視聴率や評価は、ここ十数年で最高の数字を叩《たた》き出《だ》したことも記憶に新しい。

加瀬宮黒音《かぜみやくおん》は誰もが認める天才であり、誰もが彼女の才能を称賛し、絶賛し、信仰した。

――――されど。

そのような結果や記録。得られる富や名声など、加瀬宮黒音《かぜみやくおん》にとっては些末《さまつ》なことだ。

そんなことよりも優先するべきことが、彼女にはある。

「…………小白《こはく》ちゃん」

空っぽの家。空っぽの部屋。そこには佇《たたず》む人影一つ以外、誰一人として存在していなかった。

「本当に家出、しちゃったんだ……」

最初は、ただの冗談かと思っていた。

あの加瀬宮空見《にんげん》がついた嘘《うそ》なのかと考えていた。

「────────……………」

半端《はんぱ》に開いた扉の向こう。部屋の主である妹の姿はない。

荷物らしい荷物は何も持って行ってないのだろう。衝動的に飛び出してしまったのだろう。

部屋の中には本当に家出をしたのか疑いたくなるほど、物という物が残っていた。

「…………小白《こはく》ちゃんには無理だよ。家出なんて。だから、わざわざ母親《アレ》を家から引き剝がしてたのに」

本人のお気に入りであろう、ネコミミのついた白と銀のヘッドフォン。ベッドの上に転がったままのそれは、黒音《くおん》には天使が残した一枚の羽のように見える。

「ただ傷つくだけなのに。私は小白《こはく》ちゃんに、これ以上傷ついてほしくないのに」

残されたヘッドフォンを大切に、美しくも繊細なガラスのように手に取る。

「傷つくぐらいなら、籠に入れて守ってあげる」

天使の羽からはとうに熱は失《う》せ、鉄《くろがね》のように冷たい感触だけが残っていた。

「か弱くて幼い、世界を知らない私の天使────」

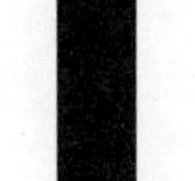

「加瀬宮《かぜみや》」

「…………ちょっと待って。任せて。大丈夫だから」

スマホの画面とにらめっこをしたまま、頑《かたく》なにある事実を認めない加瀬宮《かぜみや》。

「でもこれ……」

「言うな」

「絶対迷子になってるだろ」

「言うなって言ったのに！」

着替えをはじめとする家出のための物資を確保し、食事を済ませたところで程よい時間になったので、例の二十四時間営業のファミレス付近へと移動。少し距離があったので、到着した頃にはもう夕暮れ時になろうとしていた。移動でくたびれていた俺たちはファミレスへと向かう前に、日帰り温泉で疲れを癒《い》やそうということになり、加瀬宮《かぜみや》が自ら道案内を買って出た。

「成海《なるみ》には助けてもらってばっかだし、これぐらい私にやらせてよ。疲れてるでしょ」

そんな加瀬宮《かぜみや》の言葉に甘えて道案内を任せたのだが……その肝心の施設にたどり着けず、さっきから似たような道をぐるぐると回っている。

「……ま。確かにこの辺はちょっと道がわかりにくいよな」

「フォローどうも」

「本心だよ。……俺も探してみようか？」

「……もうちょっと待って」

加瀬宮《かぜみや》はスマホを握りなおして、画面とにらめっこを再開する。

「せっかく自分で見つけて自分で予約したとこだし、最後まで自分でなんとかしたい」

（……そういえば、バイト禁止されてるんだよな。だったら旅行なんて無理か）

たぶん、こうやって友達と外に出て遠くに行くことも、加瀬宮《かぜみや》にとっては全部が初めてで、新鮮で。だからこそ自分の力でやり遂げたいのだろう。

（俺の悪い癖かもな）

加瀬宮《かぜみや》を見ていると、なんでも手を貸したくなってしまう。支えたくなってしまう。

でもそれは加瀬宮《かぜみや》にとって良いことばかりでもないのかもしれない。家出にしてもそうだ。

傍《はた》から見れば些細《ささい》なことかもしれない。バカなことをしているのかもしれない。

それでも加瀬宮《かぜみや》は、どこかに進もうとしている。たとえから回っていても、小さく僅かな進みであっても、方向が間違っていたって、歩みを止めない。今はどこかに進もうともがいている……ように見える。そんな加瀬宮小白《かぜみやこはく》の姿が、たまらなく眩《まぶ》しくて愛おしい。

「わかった。任せる」

「…………任された」

周辺の道が入り組んでいることや、近場で工事が行われている影響で悪戦苦闘することにはなったものの、加瀬宮《かぜみや》の案内で無事に目的の日帰り温泉にたどり着くことができた。

「お疲れ様。ありがとな」

「……どーいたしまして」

子供扱いされていると思ったのだろうか。拗《す》ねたように唇を尖《とが》らせながら言う加瀬宮《かぜみや》は、見ていて愛らしくて、微笑《ほほえ》ましい……なんてこと素直に言ったらまたちょっと怒りそうだな。

事前に大きい荷物は近くのコインロッカーに預けていたので、残りの手荷物をロッカーに預けた後、フロントで二人分の料金を支払って入館。この日帰り温泉施設の目玉は天然温泉だが、食事やリラクゼーション、リクライニングチェアで休憩できるエリアなど、温泉以外の設備も充実している。ここで閉館時間ギリギリまで粘った後、ファミレスに移動するという算段だ。

「まずは温泉。で、上がったらこの休憩スペースで集合な」

「ん。りょーかい」

と、そのまま女湯へと向かおうとしていた加瀬宮《かぜみや》だったが、その足をピタリと止める。

「どうした？」

「ここって、個室とかあるのかな？」

「女性専用のプライベートルームはあるみたいだけど……温泉は一人でつかりたかったのか？」

「そうじゃなくてさ」

加瀬宮《かぜみや》は俺の目を見て、悪戯《いたずら》っ子のような笑みを浮かべる。

「混浴があったら、成海《なるみ》と一緒に入りたかったのになって。他の男子となら絶対に嫌だけど、成海《なるみ》なら嫌じゃないし」

「なっ――……バカっ。なに言ってんだ」

「あははっ。さっき子供扱いしてきた仕返し。じゃ、後でね」

そう言うと、加瀬宮《かぜみや》は軽い足取りで女湯の方へと消えていく。

「……ったく。心臓に悪い冗談は、勘弁してくれ」

俺はそんな加瀬宮《かぜみや》の背中を見送って、呼吸を落ち着けてから男湯の脱衣所へと向かった。服を脱いでロッカーに詰めてから、そのまま男湯へと足を踏み入れる。体を洗い、お湯をかけていると汚れだけじゃなくて疲れも少しずつ削《そ》ぎ落とされていくみたいだ。

「は――……」

温泉に肩までつかると、自然と息が漏れた。温泉なんて来たのはいつぶりだろうか。そんなに興味があったわけじゃないけど、たまにはいいもんだな。

「………」

こうやってお湯につかって一人でいると、考え事が頭の中でぐるぐると回る。

「……思い切ったこと、したなぁ」

加瀬宮《かぜみや》を連れて家出なんて、我ながら本当に思い切ったことをしたものだ。

通知を切っているスマホのアプリには、きっと親からメッセージがたまっていることだろう。

あえて見ないようにしているメッセージ。それと向き合うことから逃げている。

こんな俺が加瀬宮《かぜみや》を連れ出したところで、何かができるわけでもない。そんなことはわかっている。わかっていても……あの雨の中で佇《たたず》んでいた加瀬宮《かぜみや》を、雨か涙かも区別がつかないぐらいに頬を濡《ぬ》らしていた加瀬宮小白《かぜみやこはく》を放っておくことなんてできなくて。

「その挙げ句にこんなアバウトな行動してんだから、ダッセェな……俺って」

同意書もなしにホテルに泊まったら、最悪の場合は補導されることもあるだろう。

俺一人なら別にいい。それは構わない。だけど加瀬宮《かぜみや》がそんなことになったら、きっと彼女の方が失うものは大きい。だからその手段に踏み込めなかったし、その結果ファミレスで一晩明かすという中途半端《ちゅうとはんぱ》な方法をとっている。本当ならもっとちゃんと助けたかった。あいつの力になりたかった。加瀬宮《かぜみや》は俺のことを大人だなんて言うけれど、全然違う。俺は子供だ。どうしようもないぐらい無力な子供だ。無力感を抱くことには、慣れたと思っていた。親父《おやじ》がいた頃は、頑張っていたあの頃は、毎日それを感じていた。

だけど慣れてなんかいなかった。加瀬宮《かぜみや》を助けられるだけの十分な力がない自分の無力さにここまで腹が立って、ここまで悔しいと思うなんて。

「加瀬宮《かぜみや》………大丈夫かな」

俺は無力でありながら、彼女を連れ出してしまった。無駄に引っ張りまわして、疲れさせているだけなんじゃないだろうか。そんな考えが頭によぎる。

加瀬宮《かぜみや》は今、何を考えているのだろうか。どんな想《おも》いを、抱いているのだろうか。

たとえ、いずれ覚めるものだとしても。せめて今はただ、良い夢を見ていてほしい。

☆

「は――――……」

癒《い》やされる。そういえば温泉っていつ以来だろ。小さい頃、お姉ちゃんやママと一緒に行ったことがある気がするけど、それ以来かもしれない。

こうやってお湯につかって一人でいると、考え事が頭の中でぐるぐると回る。

――混浴があったら、成海《なるみ》と一緒に入りたかったのになって。

「うぁぁぁ～～～……！」

私、何言っちゃってるんだろ……！　ちょっとした仕返しのつもりだったのに、ものすごいこと言っちゃってた気がする……！　痴女か、私は！　それに、成海《なるみ》だって困って……！

「……成海《なるみ》、困ってたな」

当たり前だ。同い年の女子にあんなこと言われたら、成海《なるみ》だって困るよね……。

「私は別に、嫌じゃないんだけどな……」

他の男子なら絶対に嫌だけど、成海《なるみ》ならいい。あれは私の本心だ。

「成海《なるみ》もそうだったら、いいのにな……」

でも困ってたな。……私が困らせた。

「は――……ほんとバカだ、私……考えなしに家出はしちゃうし……お金のことも頼りっぱなしだし……道に迷うし……」

だめだ。考えれば考えるほど、何もいいところがない。

「成海《なるみ》に迷惑ばっかりかけてるな……友達なのに……迷惑かけすぎて、嫌になる……」

友達。その言葉に、ふと違和感を覚える。私の中で成海《なるみ》紅太《こうた》という存在は、もはや友達という枠組みに当てはめるのは、難しい。それぐらいに、成海《なるみ》は大きな存在になっていた。

「お姉ちゃんなら……迷惑かけなかったのかな」

だからこそ、比べてしまう。友達以上に大切な人のことだからこそ、ふとお姉ちゃんのことが頭に浮かぶ。お姉ちゃんだったら、きっと道に迷うことなんてないはずだ。お金のことで成《なる》海《み》に頼ったりしないはずだ。そもそも家出なんてことにもならないはずで……。

「……お姉ちゃんなら、きっと……」

お湯につかって体は癒《い》やされても、心を覆う雲は晴れない。私が成海《なるみ》を巻き込んだ。私が弱いから。無力だから。でもせめて。ほんの少しでもいい。成海《なるみ》にとっても、この逃げる時間が楽しいものであればいいな、って……そう願わずにはいられなかった。


温泉から上がった後、集合場所のリラクゼーションスペースに向かう。成海《なるみ》はまだ、来ていない。スマホには「買い物してくる」というメッセージが送られていた。一人でリクライニングチェアでくつろぐ気にはなれなくて、二人掛けのソファに座る。時間帯もあってか、館内の人も少なめだ。特にすることもないので、何となくスマホで動画サイトのアプリを開く。

「あ……」

おすすめ欄に表示されているのは、kuon のMV。新曲の『雪羽《ゆきはね》』。再生回数は公開一日で一億を突破。私なんかとは比べることすらおこがましいほどの、別世界の人。

「……凄《すご》い」

お姉ちゃんがコンテを切ったらしいこのMVは全世界で膨大な数の高評価を叩《たた》き出《だ》し、桁違いのコメント数の大海原から、低評価を探す方が難しい。

何よりも圧倒的なのは、歌唱力だ。聴いているだけで心を揺さぶられる。何度聴いても新鮮な気分で音を味わえる。肉体という鎧《よろい》をこじ開けて、直接魂を鷲摑《わしづか》みにしてくるような強烈さ。

「………やっぱり好きだなぁ。お姉ちゃんの歌」

このMVは既に何度再生したかわからない。他のMVだってそうだ。

デビュー曲の『天使の翼』から始まって『sugar sheep』『マシュマロ絶対宣言』『bone world』に、『サクラマイナスレッド』……他にも色々。お姉ちゃんの歌は全部聴いている。

それこそ、kuonとしてデビューする前から、ずっと。

（もし、成海《なるみ》がお姉ちゃんと会ったりしたら……）

ふと、そんなことを考えてしまう。考えたくないのに、考えてしまう。

成海《なるみ》はお姉ちゃんと実際に会ったことがない。今は遠い別世界の人だと考えているのかもしれない。だからもし、成海《なるみ》の目の前にお姉ちゃんが現れて……。

「私と、比べられたら………」

勝てるわけがない。きっと成海《なるみ》は、お姉ちゃんの方に……。

「何を？」

「わひゃあっ⁉」

「驚きすぎだろ」

振り向くと、いつの間にかお風呂《ふろ》から上がってきたらしい成海《なるみ》がいた。湯上がりの成海《なるみ》。館内着じゃなくてラフなシャツを着て、髪の先がまだほんのわずかに湿っていて、ほんのりと赤い肌とかが……こう、色気があるっていうか……。

「ん？　なんかついてるか？　おかしいな。さっき鏡見た時は何も……」

「な、何もついてないっ。違う。ちょっと、見てただけ……」

「？　そうか。これ、飲むか？」

成海《なるみ》が差し出してきたのは、売店で買ってきたであろうコーヒー牛乳だ。コンビニだと紙パックの物が多いコーヒーと混ざった牛乳は、温泉施設ということもあってか瓶に入っている。

「うん。飲む。ありがと……」

胸のドキドキを悟られないように受け取って、誤魔化すようにこくこくとコーヒー牛乳を喉に流し込んでいく。ひんやりとした冷たさと、心地良い甘さのおかげか、胸も落ち着いてきた。

そうしている間に成海《なるみ》は私の隣に座り、同じようにコーヒー牛乳で喉を潤していく。

「加瀬宮《かぜみや》の方は何を見て………ああ、『雪羽《ゆきはね》』のMVか」

「あ、うん。お姉ちゃんの、見てた……」

見られた。スマホを消しておけばよかった。話題。何か違う話題。お姉ちゃんの歌を聴いてほしくない。この動画を見てほしくない。お姉ちゃんは、私よりもずっと凄《すご》い人で。だから。

「すげーよな、それ。一日で一億再生だっけか」

「見たこと、あるの……？」

「ああ。加瀬宮《かぜみや》のお姉さんだからな。公開されたばっかかの時期に覗《のぞ》いたんだよ」

加瀬宮《わたし》の、お姉ちゃんだから。その聞きなれない言葉に気持ちが軽くなる。だって私はいつも『kuon の妹』だったから。でも成海《なるみ》は、私のお姉ちゃんって、言ってくれるんだ。

「この曲インパクトあるよな。映像も歌も、なんか心にガツンッて響いてくるっていうか」

「うん……本当にすごいよね。お姉ちゃん」

そのままなんとなく、成海《なるみ》と二人でMVを眺める。

「……昔はあんなに下手だったのにな」

無意識のうちに、ぽつりと漏れ出た言葉。それをきっかけに、昔の思い出が蘇《よみがえ》る。

「下手？　それって……歌がってことか？」

「そう。歌がね。めっちゃくちゃ下手だった。もう騒音ってぐらいに」

成海《なるみ》は目を丸くして驚いている。当たり前だ。kuon を知っている人ほど信じてもらえないだろう。それどころか私がお姉ちゃんに嫉妬してるだけって言われてもおかしくない。

「本当なんだよ。あの頃のお姉ちゃんなら、まだ私の方が歌が上手《うま》かった。子供の頃からなんでもできるお姉ちゃんだったけど、歌だけは本当に下手くそで、すごく驚いたな」

「加瀬宮《かぜみや》のお姉さん。昔から歌が好きだったんだな」

「うん。好きだったみたい。……なのにあのママも、周りの他の大人も、みんな口を揃《そろ》えて『歌の道に進むのはやめなさい』って言うぐらいには下手だった……でも、私はお姉ちゃんの歌が好きだったんだよね」

「……下手だったのに？」

「絶望的に下手だったのに」

これは本当に本当。今じゃ私やママや、当時を知るごく一部の大人だけしか知らないこと。

「……言っとくけど、なんでもできるお姉ちゃんにも苦手なことがあって嬉《うれ》しかったーとか、そういうのじゃないからね。ほんっとうに、ガチで好きだから」

「それぐらいわかってるよ。ただ、理由は気になるかもな」

「……楽しそうだったから、かな」

好きの理由はすぐに出てきた。記憶をかき集めて形にするまでもなく、自然と浮かんできた。

「お姉ちゃんは昔からなんでもできたけど、ずっとつまらなそうだった。私が羨むようなこと、好きでやってるわけじゃなさそうだった。でも歌だけは、すっごく楽しそうに歌うんだよね。リズムもめちゃくちゃで音程も外しまくりなのに心底楽しそうで、その気持ちが歌にも乗ってた。聴いてるうちに私まで楽しくなってきて……お姉ちゃんの歌、いつも楽しみにしてた」

私にとって大切な思い出だけど、思い出そうとするとたまらなく胸が苦しくなるから思い出さないようにしていた記憶だ。でも成海《なるみ》になら話せる。思い出を汚《けが》さずに、軽い心で言える。

「お姉ちゃん凄《すご》いんだよ。本を読んだり、周りの大人に聞いたりして、毎日ずっと練習して。努力して努力して努力して、それでも結果が出なくて。結果が出なくても、周りの人にやめろって言われても、ひたすら努力し続けて……。そんなお姉ちゃんのことを応援してた。嫉妬はあったよ。疑問もあった。なんで向いてないこと続けてるんだろうって。他になんでもできるのにって。でもね……やっぱり、応援しちゃうんだよね。お姉ちゃんの歌が好きだったし、お姉ちゃんには好きなことやってほしかったし。つまらなそうな顔するより、笑ってほしかったから。……だから、嬉《うれ》しかったな。努力が実った時は」

お姉ちゃんは天才だ。たいていのことは、何も努力しなくてもできる。でも、歌だけは違う。

「シンガーソングライターkuonのファン第一号は私だって、胸を張って言える」

途方もない努力を重ねてきたことを、私は知っているから。

「……あらためて思った。お姉ちゃんは凄《すご》い。私とは大違いだよ」

「確かに凄《すご》いな」

胸がぎゅうって締め付けられる。成海《なるみ》の目はスマホの画面に映るMVに釘付《くぎづ》けになっていて、その眼差《まなざ》しがお姉ちゃんの歌に注がれていることに、どうしようもなく苦しくなってくる。

「……成海《なるみ》は、さ。お姉ちゃんに会ってみたいとか、ある……？」

何を訊《き》いてるんだろう。こんなこと訊《き》きたくないのに。どうして。

「特に会いたいとかはないな」

「なんで？　私が言うのもなんだけど、かなり凄《すご》い人だよ？　有名人だし」

「そりゃ有名人に全く興味がないって言ったら嘘《うそ》になるけど、特別会いたいってことはないな」

「私が頼めば一曲ぐらい歌ってくれるかもしれないし。今、成海《なるみ》だって言ったじゃん。凄《すご》いなって。この歌を生で聞けるんだよ。本当ならチケットを手に入れて、現地でしか聴けないような歌を。サインだって書いてもらって、連絡先だって交換できるかもだしっ……」

「そんなことする時間があるなら、俺は加瀬宮《かぜみや》と一緒にいたい」

成海《なるみ》は。その選択をするのが当然のように、即答した。

「確かに加瀬宮《かぜみや》のお姉さんは凄《すご》いよ。積み重ねた努力があったのも解《わか》った」

まだスマホの画面ではMVの再生は続いている。だけど成海《なるみ》の目は。その眼差《まなざ》しは、いつの間にか私だけに注がれていた。

「でも俺は加瀬宮小白《かぜみやこはく》がいい」

「…………私が、いいの？」

「加瀬宮《かぜみや》がいい。加瀬宮黒音《かぜみやくおん》の歌よりも加瀬宮小白《かぜみやこはく》の歌が聴きたいし、加瀬宮黒音《かぜみやくおん》のサインよりも加瀬宮小白《かぜみやこはく》からの花丸マークがほしい。加瀬宮黒音《かぜみやくおん》と連絡をとりあってる時間があるなら、加瀬宮小白《かぜみやこはく》と何でもない、くだらない話をしていたい」

「――――……っ……」

言葉に詰まった。口が上手《うま》く動かない。嬉《うれ》しい。嬉《うれ》しい。嬉《うれ》しい。でも、自分が嫌いになる。

「ごめ、ん……ごめん。私、ずるいことした。成海《なるみ》はきっと、そう言ってくれるかもって、期待してた。心のどこかで、きっと……」

「期待に応えられたか？」

「うるさいバカ。……応えすぎだよ。いつも、いつも……」

　私はずるい。迷惑ばっかりかけてるくせに。私は何もできていないのに。何も。何も……ないのに。もらってばかり。もらってばかりの自分が。

「そういえば俺、加瀬宮《かぜみや》の歌って聴いたことないな。こんな、もらってばかりの自分が嫌いになる。こんな、聴いてみたい」

「絶対にやだ。お姉ちゃんより下手に決まってるし」

「言わなかったっけ。俺が聴きたいのは加瀬宮《かぜみやこ》小白《はく》の歌なんだけどな」

「下手なのは否定しないんだ」

「そりゃ加瀬宮《かぜみや》のお姉さんと比べたら人類の大半が下手だろ。俺も含めて」

　やっぱりいいな。成海《なるみ》のこういうとこ。お姉ちゃんより上手《うま》いとか、そういう下手な嘘《うそ》をつかないところ。それに一緒にいて楽しいし、気が楽だし、でもたまに……ううん。いっぱいドキドキすることがあって。成海《なるみ》のこと、どんどん好きになっていく。

（…………好きになっていく……）

　友達としての枠組みを、どんどん外れていく。私のこの気持ち。この気持ちは……。

「……成海《なるみ》はカラオケとか行くの？」

「普通。そもそもカラオケ自体、夏樹《なつき》としか行かないし、そういう時は聞き役に回ることが多いかな。あいつ、すっげぇ歌が上手《うま》いんだよ。特に好きな特撮の主題歌とか挿入歌？　とか」

「へー。意外……でもないか。なんかイメージできる」

「加瀬宮《かぜみや》は？　カラオケ、行ったりするのか？」

「普通に行くよ。歌は……お姉ちゃんほどじゃないけど好きだし。お姉ちゃんの曲は大好きだし、新曲が出るたびにチェックして、練習もしに行ってる」

「なおさら聴いてみたいな。どっかで時間見つけてカラオケ行こうぜ」

「だったら一緒に歌わない？　この前観《み》た映画の主題歌……男女のデュエットだったし……」

安心したせいかな。なんだか……急に、眠たくなってきた……。

「いいな。むしろこの機会に男女デュエットの曲、歌いまくるか」

「それ最高……実は……歌いたい曲……いっぱい、あるんだよね……」

あ。だめだ。こんなところで寝ちゃったら……でも……ちょっとだけ……だって、今は……。

「だから、さ……なるみ……もっと、一緒に……」

今なら、とても幸せな夢が見られそうだから。

☆

隣に座っている加瀬宮《かぜみや》は、瞼《まぶた》を閉じてすやすやと眠りについてしまった。今日は朝も早かったしな。それに、移動ばっかりで疲れもたまってたんだろうし。眠ってしまうのも仕方がない。

できればちゃんとしたベッドで寝かせてあげたかったけど、それができなかったのは俺の落ち度だ。だからこれは、そんな俺に対する罰なのだろうか。

「んー…………」

隣で眠る加瀬宮《かぜみや》は、当たり前のように俺に体を預けてくる。この後ファミレスに移動する予定だからか、俺と同じように館内着ではなく今日購入したばかりのシャツを身に着けている。かなりラフな格好で、だからこそ目のやり場に困る。何より温泉に入ったばかりというのもいけない。仄《ほの》かに漂ってくる僅かな熱。石鹸《せっけん》やシャンプーの香りに混じって漂う、甘い香り。

「なるみ…………なるみ……」

そんな心臓に悪い寝言をこぼしながら、まるで懐《なつ》いた猫のように顔を転がし、頬を僅かにすり寄せてくる。くすぐったくて、甘くて。頭がどうにかなってしまいそうだ。

「…………ったく。少しは警戒しろよな。ほんと」

俺、男なんだけどな……とまでは口にできず。結局俺は閉館時間ギリギリまで、委ねられた天使のような寝顔を邪魔しないように、ずっとソファに座っていることしかできなかった。

☆

閉館時間ギリギリになってから加瀬宮《かぜみや》を起こした後、俺たちはファミレスに移動した。

さすがに深夜ということもあって人は殆《ほとん》どいなかった。この後は朝まで粘る予定……ということで、ドリンクバーを注文した後、俺たちは長い夜の時間潰しとして映画の上映会を開始した。お互いのスマホで同じ映画を「せーの」で同時再生。もちろん、深夜の利用とはいえ他の客に迷惑をかけられないのでイヤホンをつける。加瀬宮《かぜみや》はいつものネコミミヘッドフォンを家に置いてきてしまったらしいので、有線のイヤホンをコンビニで購入してからの上映会だ。

一本の映画を観《み》て、終わったら感想を語り合う。途中で眠気覚ましに顔を洗ったり、歯を磨いたり、トイレ休憩などの時間を挟みつつ、映画と感想のサイクルを繰り返しているうちに、あっという間に朝が訪れた。

「うあー……流石《さすが》にちょっとねむい……」

「ドリンクバー、コーヒーでも淹《い》れてこようか？」

「……カフェラテでお願い」

「了解」

どうやら本当にお疲れらしい。いつもなら初手は紅茶なのに、今回はなんとカフェラテだ。

店舗は違えど見慣れた透明なグラスに氷のブロックを入れて、これまた見慣れたマシンでカフェラテを選んで注《そそ》ぎ込む。加瀬宮《かぜみや》は炭酸系のドリンクを入れる時、泡が消えるまで待ってからまた注ぐタイプだ。これが通常のドリンクならグラスの八割ぐらいを目安に入れていたところだが、これはカフェラテだ。紅茶やコーヒー等《など》のカフェイン類のドリンクはマシンが自動で一定の量を注ぐ仕組みになっているので、残念ながら加瀬宮《かぜみや》が好きな多めにはできない。

「お待たせ」

「ありがとー……」

眠気覚ましのカフェイン目当て。そんなにすぐに効くものでもないだろうが、本人的には少し目が覚める気分になるらしい。一口二口飲んだ加瀬宮《かぜみや》の表情がいつもの感じに戻ってきた。

「昨日はなんだかんだ盛り上がったなー」

「うん……シリーズ物を誰かと一気見するって、結構面白いよね」

三部作のアクション超大作。気楽に観《み》られる分、つい二作目三作目と手が伸びてしまった。

……楽しかったな。

「……楽しかったな」

どうやら加瀬宮《かぜみや》も同じように昨日のことを思い返して、同じような感想を抱いていたらしい。

「名残惜しそうにしてるけど、昨日だけで終わらせるつもりはないからな。今日も明日も明後日《あさって》も。この先いつでもいくらでも、楽しいことなんてあるよ」

「家出してるのに？」

「それがいいんだろ」

「ふふっ。確かに」

加瀬宮《かぜみや》が笑う。天使の羽のように柔らかな笑み。それを見て安心した。

夜の闇の中、雨に打たれながら途方に暮れたように佇《たたず》んでいる女の子はもういない。

「ね。成海《なるみ》、今日はどこ行こっか」

「そうだなぁ。まずはどこかで昼間のうちに仮眠をとっておくとしてその後は……上映会やったし、いっそ映画でも観《み》に行くか？」

「いくいく。近くでやってるかな？」

「調べてみる。あー……それと、どっか仮眠とれるとこも探しとかないとな」

「そうだね。流石《さすが》に眠いし……どこかに泊まれたらそれが一番なんだけど」

「だったら家に帰ってくればいいよ。それだけでいい。そうでしょ？」

その声が空気を震わせた瞬間、加瀬宮《かぜみや》の顔から血の気が失《う》せた。

「小白ちゃん」

俺たちの席の前で立ち止まったのは、一人の女性だった。恐らく変装だろう。帽子を被《かぶ》り、サングラスをかけている。だが妹の顔を見るにあたり遮るものが不要とばかりに、そのサングラスを外した。その下から現れたのは——加瀬宮《かぜみや》そっくりの整った綺麗《きれい》な顔つき。加瀬宮《かぜみや》そっくりの金色の長い髪。加瀬宮《かぜみや》と違うところといえば……金色の髪に混じってブルーのメッシュが入っていること。そして、右目が金色、左目が蒼色《あおいろ》のオッドアイになっている点だろうか。テレビや動画、そして昨日観《み》たＭＶに映り込んでいた人と、同じ顔。

kuon——加瀬宮黒音《かぜみやくおん》。

「……お姉ちゃん」

加瀬宮《かぜみや》小白《こはく》の、姉だ。

☆

加瀬宮《かぜみや》小白《はく》という人間にとってファミレスという場所は、ただの逃避場所だった。

でも成海《なるみ》と出会ってからファミレスという場所は、私にとって特別な場所になった。

家とか家族とか、そういうのに縛られない、私たち二人の居場所――

――そのはずだった。

「なんで……お姉ちゃんが、ここにいるの……？」

「探したからだよ。当たり前でしょ？　小白《こはく》ちゃんが家出したんだよ？　私にとってこの世の何よりも大切な妹が家出しちゃったんだよ……？　本当に心配……心配して……」

言いながら、お姉ちゃんは我慢の限界とばかりに声と体を徐々に震わせて……。

「こ・は・く・ちゃ――――んっ！」

歌手として存分に鍛えられた腹式呼吸からの発声と共に、私の胸に飛び込んできた。

「あぁ～～～！　小白《こはく》ちゃんだ小白《こはく》ちゃんだ小白《こはく》ちゃんだ～～～！　よかったよかった！　ほんっっっとうによかった！　無事でよかったぁ～～～！」

「ちょっ、お姉ちゃんっ⁉　いきなり大声あげないでよっ……！」

周りの人の目が気になる。今は私に抱き着いているから顔は見えないかもしれないけど、声だけでもあの『kuon』であることがバレるかもしれない。幸いというべきか、私たちが座っている席は店の隅。席の周りに人もいないので、なんとかバレてはいないけど。

「あのクソババアが家から追い出したとかほざいた時は心配したんだよ！　だって夜に一人で家を出るなんて危なすぎるし！　どこ行ったんだろうって！　もし何か事件に巻き込まれたりしたらって……！」

「……ごめん。私が考えなしだった」

「そうだよ。ちょっとは考えてよっ。はぁ……もう心臓が爆発四散木《こ》っ端微塵《ばみじん》しちゃうかと思ったよおぉ……小白《こはく》ちゃんがそうしたかった気持ちもわかるから、っていうか掛け値なしに一番悪いのはあのクソババアだからあんまり強くは言いたくないんだけど……やっぱりもしもってことはあるからっ！」

お姉ちゃんは涙声になっていて、どれだけ心配していたかが十分すぎるほど伝わってきた。

……今更になって、罪悪感がじわじわとこみあげてくる。

「うぅ……小白《こはく》ちゃん……」

「お姉ちゃん……あの、ほんとうにごめ……」

「……すんすんすーはーすーはー」

「お姉ちゃん。やめて」

「あぁ〜……キくぅ……もうこれで七徹できる……疲れた時には小白《こはく》ちゃん……元気な時でも小白《こはく》ちゃん……オールシーズン小白《こはく》ちゃん……」

「お姉ちゃんっ！」

そうだった。最近は家にあんまり帰ってきてないから久々だったけど、お姉ちゃんってこういう人だった。

「てか、もう離れてよっ！」

「あぁんっ。感動の再会なのにぃ……」

なんとかお姉ちゃんを引っぺがす。成海《なるみ》の前でこういうの、恥ずかしい……。

「やめてよ、ほんと。友達の前なんだから……」

「友達？」

ようやく、お姉ちゃんが成海《なるみ》の方に目を向けた。

そのタイミングで成海《なるみ》は軽く会釈《えしゃく》をする。

「はじめまして。俺は――」

「成海《なるみ》紅太《こうた》くん、でしょ？」

成海《なるみ》が自己紹介するよりも先に、お姉ちゃんは先に成海《なるみ》の名前を口にしてみせた。

「……知ってるの？　成海《なるみ》のこと」

「うん。知ってるよ」

お姉ちゃんと成海《なるみ》は今日が初対面のはず。

もしかして……。

「ママから、聞いたの？」

「まさか。母親《アレ》がそんな話、すると思う？」

ここにはいない誰かを鼻で笑い、軽蔑するような眼差《まなざ》し。

母親《アレ》という言葉を発した瞬間、お姉ちゃんの声から熱が消え失《う》せたようだった。

「調べたから。色々と。……あ、私は加瀬宮黒音《かぜみやくおん》。小白《こはく》ちゃんのお姉ちゃんでーす。よろしく」

「……こちらこそ。よろしくお願いします」

「うん。よろしく。てゆーか、ありがとね。小白《こはく》ちゃんのこと、守ってくれて」

「守ったわけじゃありません。ただ、友達の味方をしたかっただけです」

「うんうん。いいねいいね。お姉ちゃん安心したよ。小白《こはく》ちゃんにもこういう友達ができたんだねぇ。紫織《しおり》ちゃんとは違う感じがグッドだね」

お姉ちゃんは成海《なるみ》のことを見ながら満足そうに頷《うなず》く。

にこやかな笑顔は真っ暗な夜空の中で眩《まばゆ》く輝く星々のように魅力的だ。

そしてお姉ちゃんは変わらぬ笑顔を浮かべながら、楽しい本を読み終えたような仕草でぱんっと手を叩《たた》いた。

「よしっ。じゃあ、楽しい家出ごっこはこれでおしまい！　そろそろ帰ろっか！」

明るく楽しく軽薄に。それでいて心からの本気を感じさせる声で紡《つむ》がれた言葉に、心臓に直接冷や水をかけられたような気がした。

「………嫌だよ」

なんとか言葉を絞り出す。他の場所だったらダメだった。傍《そば》に成海《なるみ》がいなかったらダメだった。でもここは誰にも侵されたくない私の居場所で、傍《そば》には成海《なるみ》がいる。だから絞り出せた。

「嫌。絶対に嫌……帰りたくない。帰るなら、お姉ちゃん一人で帰って」

「なんで？　夏休みの旅行はもう十分楽しんだよね？」

夏休みの旅行。その物言いによって生じた怒りの熱が、凍えていた心臓に火を灯《とも》した。

「旅行じゃない。家出だよ。あんな家にはもう帰らない。帰りたくないから」

「家出？」

「そうだよ。私はもう、家から出ていった。だから――――」

「それ、本気で言ってるの？」

返された言葉に嘲笑《ちょうしょう》や侮蔑が込められていたならば、まだ言い返すことはできた。

でも違う。今の一言にはそういった見下し嘲る意図なんてどこにもなくて。

子供に『現実』というものを冷静に、淡々と突き付けて、諭すような。

「本気、だよ……私は、本気で……！」

「……そっか。うん。小白《こはく》ちゃんは本気だって思い込むぐらいに傷ついたんだね。ごめんね。お姉ちゃんなのに何もしてあげられなくて」

「思い込みなんかじゃ……！」

「違う？　じゃあ訊《き》くけど」

聞きたくない。訊《き》かないで。そう言いたいのに、声が震えて上手《うま》く言葉を紡《つむ》ぎ出せない。

「こんな家出がずっと続くなんて、本気で思ってるの？」

お姉ちゃんの問いかけに、私の中に灯《とも》された火が徐々に力を失っていく。

「本当はわかってたんでしょ？　こんな家出がずっと続くわけがないって。そんなのは現実的じゃないってことぐらい、さ。実際、泊まる場所すらないわけだし」

「…………っ……」

分かっていた。分かってたことだ。こんな家出がずっと続くわけがない。

私自身、心のどこかでそう思ってたし、成海《なるみ》もきっとそう思ってた。

現実から目を逸《そ》らして逃げ出してた。いつもみたいに、二人で一緒に。

「小白《こはく》ちゃんはいつも逃げてばかりだったよね。でもそれで何か解決したことあった？」

お姉ちゃんは、まるで私と成海《なるみ》の時間を見透かしてきたみたいだ。

「なかったよね。逃げたところで何も変わらない。何も変えられない」

淡々と事実だけを告げられて、体が芯から冷えていく。

怒りも悔しさも悲しみも、何もかもが失《う》せていく。

「今回の家出だって同じだよ。こんなことしたってなにも変わらない。母親《アレ》が小白《こはく》ちゃんを気にかけることなんてないし、今回の家出だって子供のちょっとした癇癪《かんしやく》程度にしか思ってない。そもそも小白《こはく》ちゃんに母親《アレ》を変えられるだけの力なんてない。そんなことは自分が一番よくわかってるでしょ？」

「どういう、意味……？」

「小白《こはく》ちゃんは、か弱いから」

張り付けたような笑みじゃない。

慈愛に満ちた笑顔で語りかけてくる。

「私の背中を追いかけては躓《つまず》いて、挫《くじ》けて、諦めて、絶望して、逃げ出してきたよね。今までずーっとそうだった。今もその本質は変わってない。嫌なことがあると逃げ出して、現実からも目を逸《そ》らして、夢の世界に甘く揺蕩《たゆた》うだけ。か弱いか弱い——可愛《かわい》い天使」

優しい手つきで頭を撫《な》でて、私の体を包み込む。

「同じだよ、今回も。か弱い小白《こはく》ちゃんには何もできない。家出なんて茶番劇、そろそろ仕舞いにしちゃいなよ。お家《うち》に帰っておいで。現実なんて痛みには、きっとあなたは耐えられない」

　動けない。

「家出なんてされちゃうぐらいなら、家の中に閉じこもってくれた方がずっといい。そうしたら、あとは私が何とかするよ」

　逃げられない。

「母親に傷つけられるのが嫌なら、私が母親《アレ》を家から消してあげる。……うーん。でも、あの家はもう小白《こはく》ちゃんにとって嫌な場所だよね。あ、そーだ。せっかくだし新しいお家《うち》を建てちゃおうよ。小白《こはく》ちゃんだけの居場所。家族なんていう邪魔者が存在しない、天使だけの楽園。生活が心配？　大丈夫。私が永遠に養ってあげるから。そのための『kuon』。そのための歌。私の才能も存在も全部全部全部、小白《こはく》ちゃんに捧《ささ》げることが幸せだもん」

甘い檻《おり》の中に囚《とら》われた、みたいで。

「あとは……解《わか》ってる。ちゃんと解《わか》ってるよ。一番の邪魔者は、私でしょ？」

「え……？」

「加瀬宮黒音《わたし》の存在が、小白《こはく》ちゃんを苦しめてるんでしょ？」

　――答え、られなかった。

　お姉ちゃんの言葉に、何も言い返せなかった。

心のどこかで考えていた仄暗《ほのぐら》い願いを、抉《えぐ》り出《だ》された。

「ああ、大丈夫。大丈夫だからね。そんなに傷ついた顔しないで。私の存在が小白《こはく》ちゃんを傷つけて苦しめてるなら、目の前から消えてあげるから。私はそれで幸せだから」

溶けていく。

「これでもう、家出を続ける理由はないよね？」

堕《お》ちていく。

「お家《うち》に帰ろう、小白《こはく》ちゃん」

染まっていく。

「小白《こはく》ちゃん。何の力もない、か弱い天使。安心してね。あなたは私が幸せにしてあげる」

私の視界が。世界が。心が。真っ黒に――――。

「それで加瀬宮《かぜみや》が幸せになるなんて、本気で思ってるんですか？」

――――……なるみ。

「……えーっと、誰だっけ？　お前」

「加瀬宮《かぜみやこ》小白《はく》の味方です」

「いい心がけだね。小白《こはく》ちゃんの家出に巻き込まれて大変だったでしょ？　あとのことは姉《わたし》の役目だから、部外者はさっさと消えろよ」

……そうだ。成海《なるみ》は私が巻き込んだ。

本当ならこんなことに付き合わせる必要がなかったのに。

「俺が加瀬宮《かぜみや》を唆《そそのか》しました」

「は？」

お姉ちゃんの目から逃げずに、真っすぐと見つめながら、成海《なるみ》は言った。

「加瀬宮《かぜみや》は最初、家に帰ろうとしてました。でもそれを止めて、甘い言葉で唆《そそのか》して、誑《たぶら》かして、家出に連れ出したのは俺です」

成海《なるみ》が何を言ってるのか理解できなかった。違う。違う違う違う。あれは私が巻き込んだものだ。成海《なるみ》はただ、助けようとしてくれただけだ。

「なに……言ってるの？　違うでしょ。お姉ちゃん、違うから。成海《なるみ》は私が――――」

「違わない」

私の言葉を遮るように。だけどはっきりと、眼差《まなざ》しのように真っすぐに。

成海《なるみ》はお姉ちゃんから目を逸《そ》らさずに言い切った。

「黒音《くおん》さん。あなたは知ってますか」

「何を」

「家を出たあの日、加瀬宮《かぜみや》がどんな顔をしていたか」

とめどなく溢《あふ》れ、心を塗り潰す黒い濁流のような勢いだったお姉ちゃんが、静止した。

「あの日の加瀬宮《かぜみや》は、今にも泣き出しそうな顔をしていました」

「………」

「顔では泣いていなくても、必死に堪えていても、心の中で泣いていたんだと思います」

「………………」

「俺は加瀬宮《かぜみや》に笑ってほしかった。いつもみたいに。だから唆《そそのか》しました。あのまま大人しく家に帰ったところで、加瀬宮《かぜみや》は笑えないから」

お姉ちゃんは何も返さない。黙って成海《なるみ》の言葉に耳を傾けている。

「まあ…… 唆《そそのか》した一番の理由は他にありますけどね」

「……一番の理由？」

「俺が加瀬宮《かぜみや》を独り占めしたかったから」

「へぁっ⁉」

ひとりじめ⁉　しかも、つい、ヘンな声が漏れて……！

「な、成海《なるみ》⁉　なに言ってんの⁉　こんな時に、そんな冗談っ……！」

「こんな時に冗談言うわけないだろ。本心だよ。加瀬宮《かぜみや》を助けたかったし、笑顔にしたかった。でもそれ以上に、俺が加瀬宮《かぜみや》の時間を独り占めしたかった。それが一番の理由。悪いな、俺のワガママに付き合わせちゃって」

しれっとした顔で何言ってんのこいつ⁉　違うじゃん！　私が転がり込んだんじゃん！

成海《なるみ》は、なんで、こんな……！　自分から全部の泥を被《かぶ》るようなこと……！

「へぇ……君に興味出てきたかも。続けろよ」

「加瀬宮《かぜみや》を連れて帰るなら、まずは俺に話をつけろってことです」

「家出少女を連れて帰るのに他に方法がないとでも？　それとも警察沙汰にするのがお望み？」

「さっきあなた言いましたよね。夏休みの旅行だって。そうですね。これは旅行です。俺は家族にもそう伝えて家を出ています」

あ……家を出る時に置いていった、あの手紙……。

「ただの旅行に対して、警察まで巻き込んで騒ぎを大きくして、後になって困るのはあなたでは？　有名シンガーソングライターのkuonさん」

ほんの僅かな時間、沈黙が場を支配した。

店内の喧騒《けんそう》だけが満ちたひと時。お姉ちゃんと成海《なるみ》は互いに睨《にら》み合《あ》ったまま動かなかった。

「……ふーん。面白いね、君。ここまで私に正面から歯向かってきたやつは初めてかも。特に小白《こはく》ちゃんのためっていうのが気に入った」

ひとしきり成海《なるみ》を観察すると、お姉ちゃんは静かに席を立った。

「ま、母親《アレ》はともかく、仮に騒ぎになったところで私は何も困らないけどね。私にとって小白《こはく》ちゃん以上に優先されることなんてこの世にはないし、それ以外のことがどうなろうと知ったことじゃないし、なんとも思わない」

でも、と。お姉ちゃんは上から成海《なるみ》を眺めながら言葉を続ける。

「ここは君に免じて退《ひ》いてあげる。成海紅太《なるみこうた》くん」

「……そりゃ、どーも」

成海《なるみ》から視線を外すと、お姉ちゃんは鞄《かばん》から白と銀のヘッドフォンを取り出した。

ネコミミのパーツがついたそれは、家に置いてきてしまった私のお気に入り。

「これ、って……私の……」

「必要な物でしょ？　小白《こはく》ちゃんには」

「……」

このヘッドフォンは、私が世界の声を拒むためにつけていたものだ。

嫌なことから逃げ出して、聞こえないようにするための、拒絶の道具。

お姉ちゃんはそれをテーブルに置き、入れ替えるように伝票をとった。

「成海《なるみ》くんに免じてこの場は言いくるめられてあげるけど、わかってるよね？　こんな家出ごっこがいつまでも続くわけがないことも、小白《こはく》ちゃんが成海《なるみ》くんに迷惑かけてることも」

「…………っ……」

「また明日くるから、そのつもりでね」

逃げても無駄だと。そう言っているような気がした。実際そうなんだろう。

どんなツテを使ったのかはわからないけど、お姉ちゃんは私たちを見つけ出したのだから。

「黒音《くおん》さん」

成海《なるみ》は立ち上がると、お姉ちゃんの背中に向けて声をかけた。

「なに？」

「あなたは加瀬宮《かぜみや》のことを弱いと言ってましたよね」

「そうだよ。小白《こはく》ちゃんは弱い。か弱い天使だから、私が守ってあげるの」

お姉ちゃんの言葉を否定できない。いつも嫌なことから耳を閉じて、目を背けて、拒絶して、逃げてばかりだった私は……………弱い。

「加瀬宮《かぜみや》小白《こはく》は強いですよ。あなたに守ってもらう必要がないぐらいには」

また、二人の視線がぶつかり合う。そしてお姉ちゃんは私を一瞥《いちべつ》した後、何も言わず今度こそ私たちの前から姿を消した。

「……………」

お姉ちゃんがいなくなってからも、私はただ、俯《うつむ》いていることしかできなかった。

頭の中にはまだ、お姉ちゃんの言葉が深々と刻み込まれている。

――――成海《なるみ》くんに免じてこの場は言いくるめられてあげるけど、わかってるよね？　こんな家出ごっこがいつまでも続くわけがないことも、小白《こはく》ちゃんが成海《なるみ》くんに迷惑かけてることとも。

「加瀬宮《かぜみや》」

「――――っ」

私が俯《うつむ》いてる間に、成海《なるみ》は席を立ってドリンクバーに行っていたらしい。

手にはいつもの透明なグラスに注がれたメロンソーダと、白いカップの中に注がれた紅茶だ。

漂ってくる温かい香りからして、紅茶はホットで淹《い》れられたものらしい。

「……夏なんだけど」

「いいんだよ。店の中は冷房が効いてるし。それに、今のお前にはこっちの方がいい」

「……ありがと」

「どういたしまして」

テーブルの上にカップを置いた後、成海《なるみ》は向かい側の席ではなく、私の隣に座った。

「なんで……隣に座るの？」

「気分だよ。嫌《いや》なら外す」

「…………嫌《いや》なわけないじゃん」

ずるい。そういう訊《き》き方。私が嫌《いや》って言うわけないのに。

「…………」

「…………」

隣に座ってから、成海《なるみ》は何も言わない。ただ黙って傍《そば》にいてくれている。

さっきまで何も口につける気にはなれなかったのに、私の手は不思議と、季節外れの温かい紅茶の入ったカップに伸びていた。

「……………温かい」

凍《い》てついていた体の中が優しく溶けていくような感じだ。

「どうだ。夏にホットも悪くないだろ」

「思いっきりメロンソーダ飲んでるやつがなに言ってんの」

「夏だからな」

「冬でも飲んでそう」

「飲んでる飲んでる。ぜんぜん飲んでる」

「やっぱりか」

二人で顔を見合わせて、おかしくなって笑い合う。

隣に座っているせいで、成海《なるみ》の顔が近い。笑っている顔がよく見える。

……………好きだなぁ。成海《なるみ》が笑ってる時の顔。

「ん？　どうした」

「……な、なんでもない」

こんな時に何考えてるんだろ。私。そういう場合じゃないのに。

「そういえば、今日は映画観《み》に行くって話だったよな。サクッと候補リストアップするか」

成海《なるみ》は何事もなかったかのように、スマホを取り出して映画を検索しはじめた。

お姉ちゃんとのやり取りも、交わした言葉も、最初から存在しなかったみたいに。

……でも。

「成海《なるみ》。ごめん。もう、いいよ」

もうこれ以上、成海《なるみ》に迷惑はかけられない。

「お姉ちゃんの言う通りだよ。こんな家出がいつまでも続くわけない。成海《なるみ》は私を助けるために、無理して連れ出してくれた。昨日はぜんぜん寝てないでしょ」

夢みたいな時間だった。

「全部、お姉ちゃんの言う通りだよ。私が巻き込んだ」

本当なら家から飛び出して、あとはまたいつもみたいに家に戻ってくるしかできなかったはずだ。子供の癇癪《かんしゃく》やワガママでしかなかったはずだ。

「ごめん。ありがとう。私はもう大丈夫」

成海《なるみ》は一緒に逃げ出してくれた。闇から連れ出してくれた。

「だから帰ろう。家に。成海《なるみ》ママたちには私から謝るから」

十分すぎるほど、甘くて素敵な夢を見せてもらった。

大丈夫。私は大丈夫。自分のこと以上に、もう成海《なるみ》に迷惑かけたくないから。

「俺は帰りたくない」

「だから、私はもう大丈夫だって……言ってるじゃん」

「知らねーよ、加瀬宮《かぜみや》の都合なんか」

「えっ……？」

「俺は居心地の悪い家に帰りたくない。だからこのまま家出を続けたい。そんだけ。加瀬宮《かぜみや》は関係ない」

関係ないなんて嘘《うそ》だ。家に帰りたくないっていうのは本心かもしれないけど、それだけじゃない。成海《なるみ》は嘘《うそ》つきだ。優しい優しい……嘘《うそ》つき。

「……じゃあ、いいよ。私だけでも帰るから」

無理やりにでも私が帰ればきっと、成海《なるみ》も……。

「それはダメ」

席を立とうとした私の手を、成海《なるみ》の手が掴《つか》んだ。

「……私は関係ないんじゃなかったの？」

「ないよ。でも、俺たちは『ファミレス同盟』だろ。だったら俺に協力してくれよ」

「…………ずるいよ。そういう言い方するの」

ずるい。ずるいずるいずるい。そんな言い方されたら、振り払えない。

「ずるくてもいいよ。加瀬宮《かぜみや》に笑ってもらうためなら、ずるいことでもなんでもする」

「……なんで?」

「加瀬宮《かぜみや》の笑ってる顔が好きだから」

……私とおんなじだ。

「私も……成海《なるみ》の笑ってる顔が、好き」

「気が合うじゃん」

「そうだね。気が合う」

成海《なるみ》とファミレスではじめて話すようになった時も、こんなやりとりしたな。

今回はあの時と逆だったけど。成海《なるみ》も同じようなこと考えてるのかな。

「……逆だな。あの時とは」

「……だね」

覚えてたんだ。成海《なるみ》も。嬉《うれ》しいな。

「なぁ、加瀬宮《かぜみや》。お前は本当に、家に帰りたいのか?」

「…………帰りたくない」

押しとどめようとしていた気持ちが溢《あふ》れる。

閉じていた扉を、成海《なるみ》が優しく開けてしまったから。

「帰りたくないよ。成海《なるみ》と家出していたい。それが本音」

成海《なるみ》と家出していたい。それが私の本音。私の本心。それは間違いない。

「……でもね、お姉ちゃんの言うことが正しいって思ってるのも、本音」

自嘲するように、言葉を吐き出す。

「私は弱い。お姉ちゃんの背中を勝手に追いかけて、勝手に挫折して、諦めて、絶望して。挙げ句の果てにお姉ちゃんから逃げ出すことしかできなくて、いつまでも子供で、バカバカしいことでママの手を煩わせて……成海《なるみ》にも迷惑をかけてる。その弱さが、私は嫌い。誰よりも嫌い。嫌いで嫌いで、吐き気がする」

自分の弱さを認める度に、自分の心にナイフを突き立てているような痛みがして、どくどくと言葉が溢《あふ》れ出《だ》してくる。

「お姉ちゃんは正しいことしか言ってない。私は——弱いだけの子供だよ」

「加瀬宮《かぜみや》は強いよ」

どうしてだろう。どうして成海《なるみ》はここまで、私が自分で認めている弱さを否定するんだろう。

「……どこが？　てかそれ、お姉ちゃんにも言ってたよね……未《ま》だ納得いかないんだけど」

「加瀬宮《かぜみや》はさ。ちゃんと全部聴いてるだろ、お姉さんの歌。新曲が出るたびにチェックして、わざわざカラオケに行って練習するぐらいに」

「……だって。お姉ちゃんの曲、好きだし。良《い》い曲しかないし……」

「そういうところだよ。俺だったら絶対にできない」

「……カラオケが苦手ってこと？」

「そうじゃなくてさ」

どうやら私は全然見当違いなことを言ってしまっていたらしい。

成海《なるみ》は優しく笑いながら続ける。

「俺が加瀬宮《かぜみや》だったら、たぶん歌も聴けない。曲なんかわざわざチェックしない。傷つくだけだから。蓋をして、見なかったことにする。実際、俺はあのクソ親父《おやじ》から送られてくる金に手もつけなかったし」

「そんなこと……大したことじゃないよ。歌を聴いてただけだし」

「大したことだよ。加瀬宮《かぜみや》はどう思ってるのかは知らないけど、俺にとっては大したことだ。どれだけ逃げても傷ついても、自分のお姉さんから逃げていない」

優しくて甘い言葉に委ねそうになる。でも。それでも。私の心にはまだ、引っかかっているものがあった。

「私は……お姉ちゃんの言葉を否定できなかった」

――あとは……解《わか》ってる。ちゃんと解《わか》ってるよ。一番の邪魔者は、私でしょ？

――加瀬宮黒音《わたし》の存在が、小白《こはく》ちゃんを苦しめてるんでしょ？

「心の中では、お姉ちゃんが消えちゃえばいいのにって、思ってた」

見透かされていた。見透かした方は、お姉ちゃんはどんな気持ちだったんだろう。

「お姉ちゃんが消えちゃえば、楽だったのにって……お姉ちゃんさえいなければ、私はこんな思いをせずに済んだのにって、いつも……いつも思ってた。それも本音だよ。お姉ちゃんは何も悪くないのに」

「だからって、加瀬宮《かぜみや》が何もかも悪いわけじゃない」

「お姉ちゃんは何も悪くないのに。消えちゃえばいいなんて、そんなの……悪いことだよ。ひどいことだよ」

「加瀬宮《かぜみや》」

成海《なるみ》の手が頬に触れる。伝わってくる温かな感触と、ガラス細工を扱うような優しい手つきに、沈みそうになった意識が浮かび上がる。

「自分を責めるな。自分だけが悪いって決めつけるな」

「……なんで？　どうして成海《なるみ》は、そんなこと、言ってくれるの？」

「お前の本音がそれだけじゃないって知ってるから」

成海《なるみ》の指が頬を撫《な》でる。とても優しく、頬に伝う涙を拭うように。

泣いてないのに。涙なんて流れてないのに。

成海《なるみ》には、私には見えていないものが見えてるみたいだ。

「それだけじゃないって……他に何もないよ」

「あるよ」

どうしてか成海《なるみ》はきっぱりと断言する。

「俺はつい昨日、それを知ったばかりなんだけどな」

「昨日……」

言われて、頭の中で『昨日』を思い返す。

「……あ」

そしてようやく、成海《なるみ》が言いたいことが伝わった。

「そっか……私……」

「そうだよ。それも、加瀬宮《かぜみや》の本音だろ」

「……っ。うん……」

頷《うなず》く。本当に涙が零《こぼ》れてしまわないように、言葉を最小限にして堪えながら。

成海《なるみ》が気づかせてくれた。

私の中に、確かにもう一つ、お姉ちゃんに対する本音があったこと。

「……明日、お姉さんに会おう」

「会って、どうするの？」

「そこで言いたいことを全部言ってやれ」

「え……？」

突然の提案に、思わず口を開けたまま、ぽかんとしてしまった。

「今日はお姉さんに言われっぱなしだっただろ。正直、見てて面白くなかった。むしろ加瀬宮《かぜみや》はなんで途中から何も言い返さなくなったんだよって思ってたし」

「う……だ、だって、お姉ちゃんの言うこと、正しいって思ってたから……」

「そもそも、俺たちは最初から正しいことなんてやってないだろ？　やってることはただの逃避なんだから。間違いだらけもいいとこだ」

「そう言われればそうだけど、なんでそんな自信たっぷりで言えんの？」

「自信とかじゃない。開き直ってるんだよ」

「なにそれ」

成海《なるみ》の開き直りっぷりに噴き出して、自然と笑顔が戻ってきた。

「俺の言いたいことは言い返した。だから今度は加瀬宮《かぜみや》の番だ。明日は全部ぶちまけろ。前から思ってたこと。今、感じていること。些細《ささい》な愚痴でも何でもいい。やり返してやれ」

「うん。そーする。あのお姉ちゃんが納得するかわからないけど」

「納得とかさせなくてもいいんだよ。言いたいことだけ言って、また二人で逃げればいい」

「言い逃げするってこと？」

「そーいうこと」

「あははっ。いいね、それ」

さっきまで黒い沼の中に沈み込んでいくみたいだったのに、今はもう違う。

信じられないほど心が軽い。軽い以上に……温かい。

どうしてかな。もしかしたら成海《なるみ》は魔法が使えるのかもしれない。

「だから今日は英気を養う日な。まずは映画。その後はカラオケ」

「喉からさないようにしないとね」

「ガラガラの声で言いたいこと言ってやる加瀬宮《かぜみや》も見てみたいけど」

「やだ。ぶさいくな声とか成海《なるみ》に聞かせたくない」

「聞いときたいけどなぁ。一回ぐらい」

「絶対に、嫌《いや》」

ファミレスでの時間はあっという間に過ぎてしまって。

明日への決意と楽しい時間を胸にしまって、私たちは二つ目のスタンプを手に入れた。

第四章　小白と黒音

退屈。
心の中で何度、そう感じたことだろう。
つまらない。
生まれてから何度、そう呟《つぶや》いたことだろう。
加瀬宮黒音《かぜみやくおん》という人間にとって、人生とは既知の連続だった。
一度見ればたいていのことは理解できたし、見なくてもたいていのことはこなせた。

誰かが言った。
加瀬宮黒音《かぜみやくおん》は神童だと。

誰かが言った。

加瀬宮《かぜみやく》黒音《おん》は天才だと。

そんな、ありふれた言葉など生ぬるいほどの――――生まれながらの怪物。

同世代の人間にとっては天災にすら見えたかもしれない。

そんな黒音《くおん》に友人という個体ができることは無かったけれど、それで孤独を感じたことは無かった。周りの人間に対して根本的に興味が無かったからだ。

しかしそれで人望がなかったかといえばその逆で、加瀬宮《かぜみやく》黒音《おん》は常に人に囲まれていた。

根本的に興味はなくとも、人脈を築いておけば煩わしいトラブルを削《そ》げることを、幼少の頃から理解していた。

表面的には交友を深めて友達面《づら》をすることなど容易だった。

社交も彼女にとってこなすことのできるタスクにすぎなかったからだ。

加瀬宮《かぜみやく》黒音《おん》にとって世界とは既知と退屈の塊であり、人生そのものに倦怠《けんたい》感を抱いていた。

あまりにも長い暇つぶし。

見渡す限りの有象無象《うぞうむぞう》。

彼女に残された未知とは、もはや『死』以外にはあり得ない。

ならばいっそ死んでしまうのもいいかもしれないと、考えていたことすらあった。

しかし結果として、加瀬宮黒音《かぜみやくおん》が死を選ぶことはなかった。
なぜなら——

「おねーちゃ、おねーちゃ」
「なーに？　小白《こはく》ちゃん」
「おねーちゃ、しゅきっ」
「え——？？？？？　しゅき？　しゅきって言った？　うっそほんとにうそじゃないよね
うそつくわけないよね小白《こはく》ちゃんだもん、えっ、じゃあまって本気の本気ってこと？　きゃ
ー！　最高最高最高ー！　もうほんと可愛《かわい》すぎるんですけど小白《こはく》ちゃ〜〜〜〜〜〜ん!!!!
私もしゅきだよ〜〜もうだいだいだいだいだいだ〜〜〜いしゅきだからね〜〜〜〜！」

加瀬宮黒音《かぜみやくおん》は天性のシスコンだったからだ。

他人を全て有象無象《うぞうむぞう》にしか見えなかった黒音《くおん》だが、妹の小白《こはく》のことだけは無条件で愛せた。

あまりにも可愛《かわい》すぎたのだ。

黒音《くおん》は小白《こはく》のことが可愛《かわい》くて可愛《かわい》くて、目に入れようが口に入れようが痛くないぐらい可愛《かわい》くて仕方がなかった。

残りの人生、ただ小白《こはく》を可愛《かわい》がるだけの生き方も悪くないかもしれない。

幼い頃からそんなことを考えていた黒音《くおん》だったが、やがて彼女は出会った。己を退屈の檻《おり》から解き放つ『死』以外の未知——即《すなわ》ち、歌に。

「黒音《くおん》……言いづらいのだけれど、あなたに歌は向いてないわ」

元々、歌を聴くのは好きだった。加瀬宮《かぜみや》黒音《おん》にとって有象無象《うぞうむぞう》の声など無に等しい。故に彼女の世界に音はなく、世界に音を与えてくれる歌や音楽は好ましいものだった。

最初はなんとなく口ずさむところから。次第に歌いたくなって歌っていた。しかしどうやら、自分では気づかなかったが、自分が壊滅的な音痴であることが、気まずそうに切り出した母親の一言で判明した。

「向いてない？　私に？　歌が？　つまり、下手ってこと？」

「ええ……そうね。正直言って…………」

苦虫を噛《か》み潰したような母親を見て、黒音《くおん》の顔に笑顔が咲いた。

「それって最高じゃん」

歌に没頭した。生まれてはじめて努力というものをした。どんどん歌が好きになった。できないことが楽しい。生まれてから欲《ほっ》し続けた未知がそこにある。努力を積み重ねても報われはしなかったが、それでも楽しかった。しかし周囲はそれをよしとしなかったようで。

「歌はやめなさい」「向いてない」「君の才能を音楽如《ごと》きに使うなんて馬鹿げてる」「才能の無駄使いだ」「世界にとっての損失だよ」「音楽で食べていける保証はない」「やめなさい」「やめ

なさい」「やめなさい」「やめなさい」「やめなさい」「歌うのを」「やめなさい」

聞こえなかったはずの、有象無象《うぞうむぞう》の声が聞こえるようになっていた。

世界がこんなにも煩《うるさ》いなんて知らなかった。

耳障《みみざわ》りで仕方がなかった。毎日毎日、鼓膜を捩《ね》じ切《き》られそうな想《おも》いだった。

何よりも——自分のせいで、大好きな歌や音楽を否定されていることが我慢ならなかった。歌を、音楽を、汚《けが》されているような気分だった。それも自分のせいで。

（だったら、いっそ……）

やめてしまおう。

自分のせいで歌や音楽を汚《けが》されるぐらいならば、いっそやめてしまった方が。

「おねーちゃんの歌、私はすきだよ」

加瀬宮小白《いもうと》が発した言葉。

「だから歌うのやめないで。おねーちゃん」

それが黒音《くおん》を、歌の道に踏み止《とど》まらせた。

否定ばかりが吹きすさぶ嵐の中で、妹の姿はまるで天使のようで——。

そんな妹のことを思って歌うと、不思議と、そして驚くほど上手《うま》く歌えた。

「素晴らしい！」「君は天才だ！」「その才能は歌のためにある！」「ああ、まるで歌うために生まれてきたかのようだ！」「素晴らしい！」「素晴らしい！」「素晴らしい！」「素晴らし

い！」「素晴らしい！」「素晴らしい！」「素晴らしい！」「素晴らしい！」「素晴らしい！」

黒音《くおん》は、その才能を完全に開花させた。

加瀬宮黒音《かぜみやくおん》という人間の才能が、完全に目覚めた。

大好きな歌を思う存分に歌える。人生を捧《ささ》げることができる。嬉《うれ》しくて嬉《うれ》しくてたまらなかった。幸せだった。幸せで幸せで幸せで幸せで。

だけどわからなかった。

この幸せを与えてくれた妹は、いつも傷ついている。

加瀬宮黒音《かぜみやくおん》という怪物の背中を追いかけ、挫折し、比較され、傷つき続けている。

嫌っているはずだ。加瀬宮黒音《かぜみやくおん》のことが嫌いで嫌いでたまらなかったはずだ。

なのにどうして、あの時――歌の道に踏《ふ》み止《とど》まらせてくれたのだろう。

黒音《くおん》は理解していた。小白《こはく》は、妹は、下手な歌を歌っている黒音《くおん》を嘲笑《あざわら》うような子ではない。

あれは本気で、本心で、黒音《くおん》のことを想《おも》って、黒音《くおん》が大好きな歌を捨てなくていいように応援してくれたのだ。理解していたからこそ、解《わか》らなかった。

なぜ？　なぜ、小白《こはく》は嫌っているはずの黒音《くおん》の背中を押してくれたのか。

加瀬宮黒音《かぜみやくおん》という存在に最も傷つけられているのは、加瀬宮小白《かぜみやこはく》のはずなのに。

(ああ、そっか――たかが人間の基準で考えるから解《わか》らないんだ)

考えても考えても答えは出なくて。それでも考えて、黒音《くおん》は一つの結論に思い至った。

（やっと理解できた。小白《こはく》ちゃんは、天使なんだ）

加瀬宮小白《かぜみやこはく》は、この世に降臨した天使。黒音《くおん》の中ではそうとしか説明がつかなかった。

（――――あなたは私に歌を与えてくれた、天使なんだね）

そして加瀬宮黒音《かぜみやくおん》は、天使を信仰する者となった。

天使のためならば、創造主たる神殺しすらも厭《いと》わない。そんな信仰者に。

傷ついてほしくない。大切にしたい。ただただ愛おしい。

しかし同時に、黒音《くおん》は理解していた。妹の脆弱性《ぜいじやく》を。傷つき、挫折し、逃げ出す弱さを。

加瀬宮小白《かぜみやこはく》は弱い。触れれば壊れてしまう、か弱い天使なのだ。

（だから、私が守らなきゃ）

黒音《くおん》は家から遠ざかるようになった。自分が傍《そば》にいても妹を傷つけるだけだから。そうすることで母親も家から引きはがした。母親《アレ》は、加瀬宮小白《かぜみやこはく》を傷つけるものだから。

家に居づらくて逃げ出すだけなら、それでもいい。それは自分の身を護《まも》るための行動だし、最後にはどうせ家に戻ってくるから。

そう。最後に戻ってくるのなら、いくら逃げてもいい。

でも、家から出ていくのはダメだ。外の世界で、醜い下界で、か弱い天使は生きられない。

（小白《こはく》ちゃんは私のことが嫌いだろうけど、それでもいいよ）

自分の目の届かないところで傷ついたら、助けてあげられない。

(私は小白《こはく》ちゃんを護《まも》ることができればそれでいい)

自嘲するような笑みが零《こぼ》れる。こんなにも護《まも》りたいと思っているのに、誰よりも傷つけているのは自分自身だ。

「……大丈夫だよ小白《こはく》ちゃん。あなたの嫌いな『加瀬宮黒音《かぜみやくおん》』は、ちゃんと消えてあげるから」

吐き出すだけで胸が引き裂かれそうになる言葉は、ビルの屋上に吹く風に流れて――

「勝手に消えられても困るんだけど」

――そして風は、天使の言の葉を運んできた。

「…………」

「なに。その顔」

加瀬宮黒音《かぜみやくおん》の眼前に、か弱いはずの天使が立っていた。

「……正直、驚いたよ。まさか小白《こはく》ちゃんの方から来てくれるなんて思わなかったから。というか、よくここがわかったね？」

「お姉ちゃん、昔から高いところが好きだったでしょ。だから高いところにいるんじゃないかなって思った。犬巻《いぬまき》……成海《なるみ》の友達にも色々と手伝ってもらったけど」

成海紅太《なるみこうた》の姿はない。きっと、すぐ近くにいるのだろうが、少なくとも小白《こはく》は一人で黒音《くおん》に立ち向かうつもりらしい。

「……それで？　小白《こはく》ちゃんは、帰ってくれる気になった？」

「帰らない」

答えは昨日と同じ。予測はしていた。だからそのことに特別驚きはしなかった。

驚いたのは――――昨日よりも確固たる意志が秘められていたこと。

「まだ家出ごっこしてたいの？」

「そうだよ」

昨日とは打って変わって、痛いところを突いたはずの言葉に迷いなく頷《うなず》いた。

「お姉ちゃんの言う通りだよ。こんな家出がいつまでも続くわけない。私はただ、家出ごっこしてただけ。それは……わかってる。いつか帰らなきゃいけない。でも、それは今じゃない」

そんなことはただの開き直りでしかない。逃げていることに変わりはない。しかし、これまでの加瀬宮《かぜみや》小白《こはく》には考えられなかったことだ。これまでの小白《こはく》は逃げていることに後ろめたさを抱えていて、逃避行為を自ら否定していた。だが今の小白《こはく》は逃げることを肯定している。

「……どうして？　小白《こはく》ちゃんが逃げ出したのは家に居づらいからでしょ？　母親や私のことが嫌いだから。でもそれはもう消える。あなたの人生に不要な人間は、あの家から消えてあげる。だったらもう家に居づらくはない。逃げなくてもいい。小白《こはく》ちゃんは幸せになれる。なのにどうして、帰ってきてくれないの？」

「勝手に決めないでよ」

吹《ふ》き荒《すさ》ぶ風。夏の熱気と共に満ちる蟬《せみ》の鳴き声。喧騒《けんそう》に包まれる世界で、小白《こはく》の声は不思議にも凜《りん》と響いた。

「お姉ちゃんやママが私の人生に不要だなんて、勝手に決めないでよ。二人が消えることが私の幸せだなんて、勝手に決めつけないでよ」

「勝手に決めてるんじゃないよ。理解してるだけ」

「してないよ。お姉ちゃんはぜんぜんわかってない。私にとって、お姉ちゃんもママも、苦しいだけの人たちじゃないよ」

「……………そんなわけないでしょ」

妹の訴えに、姉は自嘲的な笑みを零《こぼ》す。

「私は知ってるよ。小白《こはく》ちゃんが『加瀬宮黒音《かぜみやくおん》』っていう才能にどれだけ苦しんできたか。どれだけ傷ついて、周りに傷つけられてきたか」

「確かに私はお姉ちゃんの才能に傷ついてきたよ。嫉妬もしたし、絶望もした。お姉ちゃんなんかいなければよかったのにって思ったことも……あるよ」

ほらやっぱり、と。黒音《くおん》は内心で加瀬宮小白《かぜみやこはく》が自分の知るか弱い天使であることを悟る。言葉を飾り立てて多少前向きになったところで。妹は自分の知る弱者でしかない――

「でもそれ以上に、憧れた」

――はず。だった。

「自分が傷つく以上に、お姉ちゃんのことが誇らしかった」

加瀬宮小白《いもうと》の口から溢《あふ》れてくるのは憎悪《ぞうお》でも恨みでもなく。

「私はお姉ちゃんの存在に苦しんでる以上に、お姉ちゃんのことが大好きだよ！」

真っ白で眩《まぶ》しいほどに輝いている、想《おも》い。

「――――……っ……うそ」

「嘘《うそ》じゃない」

「信じられない」

「信じてよ」

「理解できないよ。だって……だって、小白《こはく》ちゃんは私に『歌』をくれた。なのに私は……『加瀬宮黒音《かぜみやくおん》』は……どう足掻《あが》いたって、小白《こはく》ちゃんに傷や痛みしかあげられない。好かれるところなんかどこにもないじゃん」

「あるよ。私、最初からずっと言ってたでしょ。お姉ちゃんの歌が好きって」

――おねーちゃんの歌、私はすきだよ。

――だから歌うのやめないで。おねーちゃん。

覚えている。忘れるはずがない。加瀬宮黒音《かぜみやくおん》を歌の道に踏《ふ》み止《とど》まらせた、あの言葉を。

「でも、それだけだよ……たったそれだけの理由で……！」

「私だって同じだよ。私はお姉ちゃんの歌が好きって言っただけ。歌うのやめないでって、言ったただけ。たったそれだけの理由で……お姉ちゃんは、私のことを想《おも》ってくれている」

そう言って、小白《こはく》はスマホを取り出し、その画面を突き付けるように見せてきた。

画面には音楽アプリのお気に入りリストが表示されている。

『天使の翼』『sugar sheep』『マシュマロ絶対宣言』『bone world』『サクラマイナスレッド』をはじめとしたアーティストkuonの曲が、最新の『雪羽《ゆきはね》』まで揃《そろ》っていた。

「白色」

確信めいた口調で、妹は色の名をを告げる。

「お姉ちゃんの作る曲の名前は全部、私の名前と同じ白に関係するものばかりだった」

「………気づいてたんだ」

「当たり前じゃん。だって私、世界で最初にkuonのファンになったんだよ？　これぐらいわかるし、わかるから、嫌いになれなかった。こんなに私のことを想《おも》ってくれる人を嫌いになれるわけないじゃん。私をこんなにしたのはお姉ちゃんだよ」

気づいていないと思っていた。気づくわけがないと。家族として、妹として、大切に想《おも》っていることなんて、黒音《くおん》の一方通行な感情だと思っていた。

「才能のあるお姉ちゃんからすれば、才能のない私のことなんか嫌いだろうなって思ってた時期もあったけど、これに気づいてからはそう思わなくなった。ちょっと恥ずかしかったけど、嬉《うれ》しさの方が大きかったし。でも……でもね。今は恥ずかしいよりも、嬉《うれ》しいよりも、何よりもずっと――怒ってる」

小白《こはく》は。妹は。その眼差《まなざ》しで真っすぐに黒音《くおん》の目を射抜く。

逃げているだけの者の目ではなかった。立ち向かおうとしている者の目だった。

か弱い天使の目ではなかった。自分の足で立って歩こうとしている者の目だった。

「お姉ちゃんは言ったよね。『小白《こはく》ちゃんはいつも逃げてばかりだったよね』って。でもそれはお姉ちゃんもでしょ？」

小白《こはく》はきっと、己をも傷つける思いで言葉を紡《つむ》いでいる。

「お姉ちゃんだって、家族《わたし》から逃げてたでしょ？」

紡《つむ》ぐ言葉は、自分自身にも突き刺さるものだから。

「歌で遠回しに伝えないで、こうやって話してくれればよかった。家から出ていこうとしてるのも同じだよ。私と向き合うのが怖いから、逃げ出そうとしてるだけじゃん！」

その捨て身のような言葉は、だからこそ黒音《くおん》の胸を真っすぐに貫いた。

「自分も逃げてたくせに！　姉妹喧嘩《げんか》をする度胸もなかったくせに！　大仰な言葉を飾り立てて、上から目線でそれらしい理屈を並べてる暇があるなら、ちゃんと私と向き合ってよ！」

青々とした夏の空に、加瀬宮《かぜみやこ》小白《はく》の声がどこまでも広く、深く、響き渡った。

「そもそも本当はもっとお姉ちゃんと話したかったし！　お仕事の話とか聞いてみたかったし、曲についても色々質問したかったし！　お休みの日には一緒に買い物とかして、家ではゲーム

したり、勉強教えてもらったりしたかった！　なのに家には全然帰ってこないし！　それから、えっと……えーっと……と、とにかく！　私はまだ帰らないから！　帰る時ぐらい自分で決めるし！　だからお姉ちゃんも体に気をつけてお仕事がんばってね！」

最後に文句なのか応援なのかわからないようなことをまくし立てて、小白《こはく》は屋上を後にした。

さながら颪のように。否、颪をも上回る嵐のように。

「……私も逃げてた、か……痛いトコ突かれちゃったなぁ……」

加瀬宮黒音《かぜみやくおん》もまた、逃げていた。妹から嫌われていると思っていた。自分の存在がこの世の誰よりも何よりも妹を傷つけていると思っていた。

家に帰れば、誰よりも大切に想《おも》っている妹から嫌われているという現実と向き合わなければならない。そう思っていたし、だから逃げていた。妹から母親を引きはがすためという名目で。

「私が守らなくちゃいけない、か弱い天使だと思っていたのに……いつの間にか、私に立ち向かって、私の想像を超えてくるぐらいに強くなってたんだね」

逃げていたからこそ見えていなかった。

――加瀬宮小白《かぜみやこはく》は強いですよ。あなたに守ってもらう必要がないぐらいには。

見えていたのは、成海紅太《なるみこうた》の方だった。

「……私の負けで、君と小白《こはく》ちゃんの勝ちだよ」

怪物。或《あ》いは天災は己の敗北を認める。しかし心はこの青空のように晴れやかだった。清々《すがすが》しい気持ちのまま、スマホを操作して電話をかける。相手は二回のコールで通話に応じた。

「あ、もしもし――ママ？」

相手は加瀬宮空見《かぜみやそらみ》。加瀬宮黒音《かぜみやくおん》と加瀬宮小白《かぜみやこはく》の母親だ。

「小白《こはく》ちゃんに逃げられちゃった」

加瀬宮黒音《かぜみやくおん》の敗北を告げる報告に、母親は僅かな沈黙を挟む。

『……そう。ならもう気は済んだでしょ。戻ってきて、仕事をしなさい』

冷徹さすら感じる母親の声に、黒音《くおん》は内心で嫌悪《けんお》と軽蔑を滲《にじ》ませる。

「うるさいなぁ。スケジュールの調整は済ませてるでしょ？　私がなんのために普段から各方面に貸しを作ってると思ってんの。ていうか、私が作った貸しの内容を思えば、安上がりで向こうも喜んでることでしょうよ」

されどこの母親を切り捨てきれないのもまた事実だった。

「……私は小白《こはく》ちゃんと向き合えてなかった。小白《こはく》ちゃんから逃げてた。とりあえず、それを認めるところから始めてみるよ」

『何の話？』

「あんたもいい加減、小白《こはく》ちゃんから逃げるのをやめなよって話」

『………………』

「小白《こはく》ちゃんはもう、大人になり始めてるよ」

完全な無音が二人の間に漂う。その間も、黒音《くおん》は辛抱強く母親からの返答を待った。

『……仕事に戻りなさい』

しかし返事がくることはなく、通話は打ち切られた。

「チッ。あのクソババア」

切れた通話に悪態をつきつつ、黒音《くおん》は自分に言い聞かせるようにため息をついた。

「……でも、仕方がないか」

ビルの上から、眼下に広がる景色を眺める。そこからは成海《なるみ》紅太《こうた》と加瀬宮《かぜみやこ》小白《はく》の二人が、家出を続けるべくどこかへと去っていく姿が見えた。

「母親《あんた》が抱えてる、小白《こはく》ちゃんに対する後ろめたさは——私以上だしね」

☆

「はぁぁぁぁぁ〜〜〜〜〜〜〜……緊っ張したぁ〜〜〜〜……」

黒音《くおん》さんとの対峙《たいじ》を終えた加瀬宮《かぜみや》と共にまた電車に乗り込んだ俺たちは、降りた先の駅付近にあったファミレスで休息をとっていた。いや、実際に自分の家族と向き合ったのは加瀬宮《かぜみや》で、俺は何もしていない。

「お疲れ様」

だから俺にできるのは、こうやって加瀬宮《かぜみや》のことを労《いたわ》ってやることだけだ。

「ありがと……はぁ……ほんと、疲れたぁ～……なんか、体中の気力とかそーいうのが、全部根こそぎ持っていかれた気分……」

「あのトンデモお姉さんと真正面からぶつかったんだ。そうもなるだろ」

テーブルに突っ伏すほど、力を使い果たした。それだけ逃げずに立ち向かった証《あかし》だ。

「……ありがとね、成海《なるみ》。今日はお姉ちゃんに言いたいこと言えてすっきりした」

言いながら、加瀬宮《かぜみや》はアイスのカフェオレで喉を潤した。

「言ってみてわかったし、実際にお姉ちゃんにも言ったけど。私ってさ、お姉ちゃんと喧嘩《けんか》してこなかったんだね」

「喧嘩《けんか》してみた感想は？」

「んー……疲れた」

でも、と加瀬宮《かぜみや》は言葉を紡《つむ》ぐ。

「悪くない、かな」

それは俺にはわからない感覚だ。加瀬宮《かぜみや》は立ち向かった。だけど俺は今も、逃げたままだ。

だからこそ加瀬宮《かぜみや》のことを尊敬できる。

「……本当に凄《すご》いよ。加瀬宮《かぜみや》は」

「……だったら、成海《なるみ》だって凄《すご》いよ」

「俺は何もしてないよ」

「してる。てか、めちゃくちゃしてもらったし。色々」

「そんなにしたかな」

家出に連れ出してしまったことだろうか。だけどあれは結局、俺だって家に居づらいと思っていたわけだし、そもそも加瀬宮《かぜみや》の時間を独占したいというエゴもあったわけで。

「私をたくさん甘やかしてくれた」

そう言った加瀬宮《かぜみや》の声が、微笑《ほほえ》みが、甘く溶けた。

「お姉ちゃんに言い返して言い逃げできたのは、成海《なるみ》がいっぱい甘やかして、気持ちを充電させてくれたおかげ。これだけは譲れないから」

「――――っ……」

心臓に悪い。そんなどこまでも無防備で、全てを委ねているような、甘い顔をされるのは。

「成海《なるみ》？　どうかした？」

「……なんでもない。大丈夫」

嘘《うそ》をついた。本当は大丈夫じゃない。心臓の鼓動が煩《うるさ》くて仕方がない。

灼熱《しやくねつ》のように燃え滾《たぎ》る心臓をクールダウンさせるようにメロンソーダを流し込んだ。

「ねぇ、成海《なるみ》。一つだけ訊《き》いてもいい？」

「ん？」

それから一瞬の空白があった。この空白の刹那に加瀬宮《かぜみや》が何を考えていたのかはわからない。

だけど彼女なりにその答えを切実に欲《ほっ》していることだけは、伝わってきた。

「成海《なるみ》はどうして――私を助けてくれるの？　友達だから？」

俺たちはファミレス同盟だから。同盟関係だから。友達だから。加瀬宮小白《かぜみやこはく》の味方だから。

そんな、今まで言えていたはずの言葉が、今は上手《うま》く出てこない。

俺が加瀬宮小白《かぜみやこはく》を助ける理由。

同盟関係だからではなく、友達だからでもなく、加瀬宮小白《かぜみやこはく》の味方だからでもなく。

「……大切だから」

「……大切なんだ」

絞り出した言葉に、二人して黙り込む。友達としての範疇《はんちゅう》を超えた大切。だけどそれを素直に言葉にするのは、まだちょっと、恥ずかしい。

会話に区切りがついたところで、注文していたメニューが運ばれてきた。

今日は二人そろってステーキである。なんとハンバーグよりもお値段が高いが、今日ばかりは見なかったことにしよう。

「お祝いだからな」

「お祝いだからね」

運ばれてきたステーキを見て、二人して言い訳のように『お祝い』を強調する。それがなんだかおかしくて、俺たちは互いの顔を見合わせて小さく吹き出した。

「お祝いって言うけど、何のお祝いになるんだ？」

「うーん……祝・お姉ちゃんに立ち向かった記念、とか？」

「記念かー。じゃあ今日は記念日になるのか？　姉妹喧嘩《げんか》記念日とか？」

「あ、それいいかも。スマホのカレンダーに記録しとこ」

「来年も祝うのか」

「うん。祝う。成海《なるみ》と一緒に」


記念日を祝うファミレスでの時間、思い出と共に三つ目のスタンプが記録された。

「そーいえばさ。これってまだ、家出になるのかな？」

「家出と思えば家出なんじゃねーの？　黒音《くおん》さんはともかく、まだ母親とは喧嘩《けんか》したままだし」

「……だよね。うん。じゃあ、まだ家出は続行だね」


何はともあれ、俺たちの家出はまだ少し続く。

それはもう終わりが見えている、子供の稚拙な逃避行。

だけど今は楽しもう。この夏休みの家出を。

第五章　きみにおぼれて

黒音《くおん》さんと加瀬宮《かぜみや》の姉妹喧嘩《げんか》記念日以降、俺たちの家出は実に平穏に進んでいた。

家出なのに平穏と言うと奇妙な感じはするが、とにかく平穏だ。

大きく変わったことがあるといえば、黒音《くおん》さんが追手から一転して協力者になったところだろうか。加瀬宮《かぜみや》の着替えをはじめとする生活に必要なものを家から持ってきてくれたり、俺の家には連絡を入れてくれたりもした。

一番大きな変化は、宿の問題がある程度解消されたことだ。というのも、黒音《くおん》さんが宿を手配してくれたり、住み込みで働くことを条件とした、ちょっとした『お手伝い』を紹介してくれるようになったのだ。

「小白《こはく》ちゃんの健康に害が及んだらお前を沈めて私も死ぬ」

という脅しが俺に入ったためだ。

「……一応訊《き》いておくんですが、どこの海に沈めるんですか？」

「海？　違う違う。私、今は山の気分なんだよね。体が溶けるぐらいに熱いところがいいな」

（火山か……）

どうやら海に沈めるのではなく、マグマの底に沈めるつもりらしい。

まあ、無茶な家出を続けて加瀬宮《かぜみや》の健康に害が及ぶぐらいならと、それを受け入れた。あんなふうに加瀬宮《かぜみや》を追いつめていた人と同一人物とは思えないぐらいだ。

どうやら加瀬宮《かぜみや》と少しずつメッセージアプリでやり取りもしているらしい。家出をしていることにまだ心配を滲《にじ》ませているらしいが、何かと言い合いながら姉妹としての交流を重ねているようだ。この家出は俺たちが元々考えていた『夏休みのご褒美《ほうび》リスト』を順調に消化するまでに至った。

そして現在。俺と加瀬宮《かぜみや》は――

「成海《なるみ》、犬巻《いぬまき》。焼きそば二つと、かき氷のブルーハワイといちご味一つずつ」

「わかった。夏樹《なつき》、かき氷の方頼む」

「おっけー、任された！」

――海の家でアルバイトに励んでいた。

「かき氷もうすぐ用意できるよ」

「焼きそばもすぐ用意できる」

夏の暑さと鉄板の熱の極悪コンボに曝《さら》されながら、額に汗を流しつつ焼きそばを焼き上げる。

香ばしいソースの暴力的な香りが食欲を刺激してくる上に、俺が担当しているキッチンに置いてある扇風機からは、熱風が飛んでくる始末だ。はっきりいって死にそう。目の前の焼きそばから蜃気楼《しんきろう》が見えても、俺はそれを不思議とも思わないだろう。それぐらい熱い。

「紅太《こうた》。あとちょっとで休憩だから、一緒にがんばろ」

「おぉ……そうだな。つーか、夏樹《なつき》。お前は元気だなぁ……」

「そんなの当たり前だよー。だって紅太《こうた》と一緒に海の家でアルバイトができるんだよ？　元気が出るに決まってるよね」

そうなのか。そういうもんなのか。もう暑さでまともな思考ができん。

「確かに……俺も夏樹《なつき》と一緒にバイトできるのは嬉《うれ》しいし、楽しいな」

「へへへ。そっかー。なんかもっと元気出てきたよ」

夏樹《なつき》はニコニコと笑顔になりながら、かき氷にシロップをかけていく。

焼きそばにかき氷。夏の定番メニューだ。この壁を隔てた向こう側に広がっている、キレイな青い海を眺めながら食べる焼きそばとかき氷は、さぞかし美味なことだろう。

「成海《なるみ》、犬巻《いぬまき》。カレー二つ。片方はライス大盛で」

「りょーかーい。かき氷はできたし、カレーは僕が対応しとくよ」

「頼む」

キッチンは蒸《む》し風呂《ぶろ》状態だが、ホールも夏の暑さと日差しが照り付けていることに変わりはない。担当している加瀬宮《かぜみや》も辛《つら》いはずだが、その顔はどこかキラキラと輝いていた。楽しい、というのが見ているだけで伝わってくる。

(あの顔が見られたなら、バイトにきてよかったな。夏樹《なつき》にはまた改めてお礼しないと)

半ば機械的に手を動かして焼きそばを焼きつつ、ふと数日前のことを思い返す。

なぜ俺たちが海の家でバイトをすることになったのか。

なぜここに夏樹《なつき》がいるのか。

あれは確か、四つ目のスタンプを目当てに入ったファミレスでのことだ――

「アルバイトをしてみたい？」

「うん。やってみたい」

食後の紅茶を口につけた後、加瀬宮《かぜみや》は改めて頷《うなず》いた。

「それなら最近やってるだろ。黒音《くおん》さんが紹介してくれるやつ。住み込みの」

「あれはバイトじゃなくて『お姉ちゃんのお手伝い』とか『お姉ちゃんの知り合いのお手伝

い』って名目でしょ。ボランティアじゃん。……あ。別にお金がもらえないから不満ってわけじゃなくてね」

加瀬宮《かぜみや》は少し言いづらそうに、言葉を続ける。

「お姉ちゃんには……色々と、お世話になっちゃったし。だから、プレゼント買いたいなって、思ってさ……仲直り？　のお詫《わ》びも兼ねて」

「ああ、確かにそれなら黒音《くおん》さんに紹介してもらうところ以外で働きたいよな」

「うん。それに、成海《なるみ》も知ってるでしょ。私の家がバイト禁止なの。でも今は家出してるし、せっかくだからアルバイトしてみたいなって、思って……」

どこか言葉がぎこちない。多分、アルバイトをしてみたい理由は額面の言葉だけじゃないんだろうけど、その理由にまで深く足を踏み込むつもりはない。加瀬宮《かぜみや》が考えていることだ。そんなに悪いことじゃないだろうし。

「バイトか。それは別に反対しないけど、基本的に保護者の同意がいるからな」

「うっ。やっぱりそうだよね……だからお姉ちゃんも、『お手伝い』って名目にしたわけだし」

それは何となく加瀬宮《かぜみや》もわかっていたのだろう。あっさりと引っ込んだ。

アルバイトか。本人にやる気もあるんだし、せっかくだから何かさせてやりたいけど……俺のバイト先はここから遠いし。というかここまで来た旅路を逆走することになるし。何より急な長期休みをもらってしまったせいで気まずい（許してはもらえたけど、戻ってきたら死ぬほど謝って働こう)。どちらにせよ保護者の許可が必要だろうし……何か抜け道があれば……。

「………ちょっと待ってろ」

席を外し、一度店の外に出て電話をかける。たった一度のコールで相手に繋《つな》がった。

『やぁ、紅太《こうた》。家出の調子はどう?』

「ぼちぼちっていったところだな」

犬巻夏樹《いぬまきなつき》。俺の幼馴染《おさななじみ》にして唯一無二《ゆいいつむに》の親友だ。

友達も多く、交友関係や人脈も想像できないぐらいに幅広い。複数の映画関係者から余るぐらいのチケットを貰《もら》えるなんてこともあった。家出以降も裏でメッセージのやり取りを続けていたが、こうやって電話で話すのは家出してから初めてだな。

『あはは。それはよかった。でも、わざわざ僕に電話してきたってことは、何か困ったことでもあった?』

「困ったことっていうか、頼み事をしたくてな。迷惑だったら断ってくれていい」

『断る? 僕が? 紅太《こうた》からの頼み事を? ないね。迷惑なんてことは世界が滅びたってあり得ない。仮に困ったことだとしても、他を切り捨てて調整するから大丈夫。一切を気にしないで、遠慮なく僕を使い潰してよ』

「大切な幼馴染《おさななじみ》を使い潰すとか、そんなことするわけないだろ。俺を何だと思ってるんだ」

黒音《くおん》さんと対峙《たいじ》した後だからか、夏樹《なつき》は少し黒音《くおん》さんと似てるところがあるように感じる。

俺が夏樹《なつき》に苦手意識なんて欠片《かけら》ほども抱くわけがないけど。むしろ頼もしさすら感じる。

「話すと少し長くなるんだけど」

『構わないよ。むしろ長い方が紅太《こうた》といっぱいお喋《しゃべ》りできて、僕は嬉《うれ》しいな』

そんな大らかな幼馴染《おさななじみ》に、これまでの経緯を軽く話した。

アルバイトをしたいという加瀬宮《かぜみや》の力になりたいこと。

だけど保護者の許可が貰《もら》えそうにないこと。

『なるほどね。わかった。そういうことなら、何とかできると思う』

「本当か？」

『うん。ちょうど、海の家を経営している知り合いがいてね。来る予定だったアルバイトが何人か体調を崩して来られなくなったらしくてさ。穴埋めのヘルプを探してたから、喜んで採用してくれると思うよ。僕の紹介なら面接もなしで即採用だって』

「保護者の許可の方は？」

『大丈夫。そもそも高校生なら、アルバイトって保護者の許可がなくてもできるものだしね。後から契約を取り消されるリスクはあるけど、加瀬宮《かぜみや》さんのお母さんって芸能関係のマネージャーでしょ？　無用なトラブルは避けたいはずだから、一度始めちゃえばこっちのものじゃないかな。お店の知り合いには僕から話をつけておくし、仮に学校側から何か言われても、僕が少しお話すれば大丈夫だから』

頼もしい。流石《さすが》は夏樹《なつき》だ。……でもちょっと、なんだろな。心配になるな。

夏樹《なつき》なりの処世術を磨いた結果なのは承知してるけど、それでも無理してないか心配だ。

「……夏樹《なつき》」

『ん？』

「お前に比べれば俺は何もできないけどさ。何か困ったことがあったら言えよ。死んでも力になるから」

『────────』

「夏樹《なつき》？」

返事がない。電波が悪いのか？

『ごめん。急に感極まることを言われちゃったから、呼吸が止まってたよ。イベントで推しのヒーローに特大のファンサをもらった時以上に心が震えた。感動の過剰供給だね』

「大げさだな」

きっと俺を笑わせようとしてくれたのだろう。

「バイトの詳細があれば送ってくれるか？　それも含めて加瀬宮《かぜみや》に持ちかけてみる」

『おっけー。すぐにまとめて送るよ』

夏樹《なつき》から送られてきた詳細を確認する。住み込みＯＫ、まかない付きで日給二万円。営業時間は朝十時から夜の二十時まで。……忙しいことは間違いないだろうが破格すぎるな。流石《さすが》は夏樹《なつき》が紹介してくれるバイトなだけはある。……本当に切羽詰まってるんだろうな、という雇用主側の事情も伝わってくる条件だけど。

「――っていうわけで、夏樹《なつき》が紹介してくれたんだけど……」

「やる」

即答だった。

「俺が言うのもなんだけど、少しは考えろよ」

「考えたよ。成海《なるみ》がもってきてくれた話だから大丈夫だろなって。それに、バイトって憧れあったし、大変だろうけどやってみたい」

ものすごく目がキラキラ輝いている。本当にやってみたかったんだろうな。ちょっと心配になるけど……今回は夏樹《なつき》もバイトに来るらしいいし、俺も一緒だ。下手なバイトに一人で参加するよりかはいいか。

「正確には夏樹《なつき》な。あいつもバイトに来るらしいから、お礼言っとけよ」

「うん。言っとく」

こくこくと頷《うなず》く姿に、もはや一学期までの全てを拒絶する孤高のオーラはどこにもない。教室での加瀬宮《かぜみや》を一匹オオカミだとするならば、もはや尻尾を振りまくっている子犬だ。

――そんな経緯があり、俺たちはこうして海の家でバイトをしている。

加瀬宮《かぜみや》はホール。俺と夏樹《なつき》はキッチン。俺自身、あまり料理はしない。初日にキッチンに放り込まれてどうなることかと思ったが、一応はバイト経験もあるし、海の家で出しているメニューはそう凝ったものは多くはない。手軽に作ることができるものが多く、マニュアルもあるのでなんとかなっている。

むしろ心配なのは加瀬宮《かぜみや》の方だったが、あいつも慣れないなりに頑張っているみたいだ。もともと器用なところがあったし、最初はたどたどしかった接客も数日経《すうじつた》った今ではある程度スムーズに行えている。

心配も杞憂《きゆう》に終わったことに安堵《あんど》しながら、夏樹《なつき》と共にキッチンに舞い込んでくる注文をさばいていく。なだれ込んでくる注文の量はもはや地獄だが、息の合う、信頼できる幼馴染《おさななじみ》と一緒にまわしているせいか疲労はあっても苦痛はない。それどころか、この忙しさが少し楽しくなってきた頃合いに――

「紅太《こうた》、僕たち休憩していいってさ」

「もうそんな時間か」

夏樹《なつき》に声をかけられるまで休憩時間になっていたことも気づいていなかった。シフト休憩から戻ってきたであろうスタッフさんと入れ替わる形で、夏樹《なつき》と共に休憩用の空き部屋へと移動する。あらかじめ購入しておいたラムネを二本冷蔵庫から取り出し、手で押し出して栓を開ける。炭酸が迸《ほとばし》る小気味いい音が響き、夏樹《なつき》と一緒にラムネで喉を潤してようやく一息がつけた。

「そういえば、加瀬宮《かぜみや》は？」

「あと五分ぐらいしたら交代じゃないかな。ホールのシフトだし、僕たちとはズレがあるから」

「そうか」

「大丈夫だよ。加瀬宮《かぜみや》さんなら」

ホールで働く加瀬宮《かぜみや》の方に視線を移してしまった俺を見て、夏樹《なつき》は苦笑する。

「バイト初経験っていうから、最初はどうなることかと思ったけど。意外と器用だし、注文のミスもほとんどないし。接客は少しぎこちないけど、大丈夫」

「……そうだな。そうだよな。ちょっと、過保護すぎた」

加瀬宮《かぜみや》はもう大丈夫だ。もうあの日みたいに、雨の中で佇《たたず》んでいる加瀬宮小白《かぜみやこはく》じゃない。心に負った傷は癒《い》えている。何より姉である黒音《くおん》さんにも堂々と立ち向かえるだけの強さを持っていることは、俺がよく知っているはずだ。

「過保護、ね……それって、どういう意味だと思う？」

「え？」

「どうして紅太《こうた》は、加瀬宮《かぜみや》さんに対して過保護なのかな」

「それは…………」

改めて問われ、即答することができなかった。

「紅太《こうた》にとって、加瀬宮《かぜみや》さんはどういう人？」

「…………大切な人だよ」

「それって、友達として？」

流石《さすが》は幼馴染《おさななじみ》。色々と見抜かれてるような指摘だ。

「ま、ただの友達のために、家出してまで助けようとはしないよね。ちょっと妬《や》いちゃうな」

友達、という枠組み以上の存在。家族、という枠組みではない存在。

友達以上。家族とも違う。そして親友とも違う。

俺にとって、加瀬宮小白《かぜみやこはく》という存在は……。

「どうしたんだよ、急に」

誤魔化すようにもう一度、ラムネを喉に流し込む。いつもよりペースが速い、という自覚はあった。夏のせいというわけではなく、暑さから水分を欲《ほっ》しているわけでもなく。

透明な瓶の中でビー玉が転がり、残り僅かな炭酸の泡がぷかぷかと浮かんでは弾《はじ》けて消えていく。俺の心の中に、真っ先に浮かんで消えた答えと同じように。

「紅太《こうた》が自分の気持ちを押し殺さないかが心配なんだよ。これは幼馴染《おさななじみ》としてのお節介だけど」

「……困ったな。他人ならともかく、夏樹《なつき》のお節介は無視できない」

幼馴染《おさななじみ》だから、ではない。夏樹《なつき》は俺が辛《つら》い時もずっと一緒に居てくれた。俺が結果を出せなかった時も、両親が離婚した時も、荒れてた時も。諭したり説教したりするわけでもなく、ただ一緒に居てくれた。俺にとっては無二《むに》の幼馴染《おさななじみ》であり、無二《むに》の親友でもあり、同時に気の許せる家族のようなものでもあって……だからこそ、珍しく踏み込んだお節介が胸に刺さる。

「お父さんのことがあってから、紅太《こうた》が他人と距離を置いてるのは知ってるよ。小学校の頃は友達も多かったのに、今じゃ普通に遊ぶのは僕ぐらいしかいないし。他人に失望されるのが怖くなったんだよね」

「流石《さすが》は幼馴染《おさななじみ》。なんでもお見通しかよ」

「ずっと見てきたからね。紅太《こうた》は僕のヒーローだし」

「昔から大袈裟《おおげさ》なんだよ、お前は」

「そうかもね」

ほんと、赤の他人だったらよかったのにな。

そうすれば、「知ったような口きくな」ってはねつけられたのに。夏樹《なつき》にだけはできない。

「今の紅太《こうた》が一番恐れてるのはきっと……加瀬宮《かぜみや》さんに失望されること。失望されたくないから、今以上の関係に踏み込むことから逃げてるんだよね」

……夏樹《なつき》だもんな。こいつはいつでもなんでも受け止めてくれる。海のように大らかで大きくて。話してると自然体でいられて、多少踏み込まれても激しい怒りなんて湧いてこない。

「逃げるのはいいよ。でも、自分の気持ちからは逃げられない。一生、死ぬまでついてまわる。

それが本音ってやつだよ。……でもまあ、紅太《こうた》は本音と向き合うのが下手くそだからね。今回は手助けしてあげる」

「手助け？」

「紅太《こうた》の本音を引き出す、魔法の呪文だよ」

波の音も、浜辺の喧騒《けんそう》も消えてしまったかのように、俺の耳はいつの間にかノイズキャンセリング機能付きのイヤホンをつけていると錯覚しそうなぐらいに、静かだ。唯一聞こえてくるのはいつもより速くなっているであろう心臓の鼓動だけ。

「『加瀬宮《かぜみや》さんを僕にちょうだい』」

「絶対にダメだ」

反射だった。意識したわけではない。夏樹《なつき》の言葉を耳がキャッチして、脳が認識した瞬間、先ほどまで上手《うま》く回らなかった口が自分でも驚くほど滑らかに動き出していた。

自分が何を口走ったのか。ソレが分からないほど、俺は愚鈍ではない。

「それが紅太《こうた》の本音でしょ」

☆

「世界一可愛《かわい》くてキュートでクールでおしゃれで従業員用の真っ白なシャツも着こなしてるセ

ンスに溢《あふ》れた金色の御髪《おぐし》が素敵な店員さん♪　焼きそばとかき氷とフランクフルトとカレーとラーメンとたこ焼きをくださいな♪　それと店員さんとのツーショットを百枚ほど……あ、この店ってカード使えます？　電子マネーは？　使えないならちょっとアレコレして現金をひねり出してくるから……」

「お客様、迷惑行為はおやめください」

数日間のアルバイトの成果だろうか。私の中で接客経験みたいなものは貯《た》まっていて、そのおかげかお客様ことお姉ちゃんの迷惑行為に対して機械的な言葉を返すことができた。

「あぁ、良《い》い……小白《こはく》ちゃんのクールな眼差《まなざ》し、最高……！」

「………お姉ちゃん。何しに来たの」

なぜか店に堂々と現れたのは、先日姉妹喧嘩《げんか》したばかりのお姉ちゃんだった。

変装のためだろうか。サングラスをかけたり、頭には麦わら帽子を被《かぶ》っているけれど、中身がまんまお姉ちゃんだ。

「たまたま、この近くでドラマの撮影があったの。予定よりも巻いて終わったし、ちょっと休憩しにきたんだよ」

――――今日はドラマの撮影。私と一緒にホテルに泊まる。帰りは三日後よ。

……そういえば、家出した日にママがそんな感じのこと言ってたっけ。

「あ、おでんもあるの？　いいねぇ、じゃあおでんも一つ！」

「焼きそば、かき氷、フランクフルト、カレー、ラーメン、たこ焼き、おでんをお一つずつですね。かしこまりました。少々お待ちください。……これ、一人で食べるの？」

「あったりまえじゃん！　これぐらいの量ならよく食べるしねー」

……私自身、それなりに食いしん坊な自覚はあるけど、たぶんこれはお姉ちゃん譲りだ。

こういうところで姉妹っぽさを感じるのは、それはそれでちょっと嬉《うれ》しい。

「……ま、今回は私だけの分じゃないんだけど」

「え？」

「なんでもないない。ほら、お仕事しなくちゃね。こんな殺人的な忙しさなのに立ち話してたら怒られちゃうよー」

お姉ちゃんにはぐらかされたような気がしつつも、注文をキッチンの方に伝える。成海《なるみ》と犬巻《いぬまき》がいない……休憩時間かな。それからまた他のお客さんをさばいていると、お姉ちゃんが注文した大量のメニューが出来上がった。

「加瀬宮《かぜみや》さん、これ運んだら休憩入っていいよ」

「わかりました」

店長さんとそんなやり取りを挟みつつ、出来上がった大量のメニューをお姉ちゃんの待つテーブルへと運んでいく。

「おまたせしました」

「きたきたー♪　小白《こはく》ちゃんが運んできてくれたごはんー♪　絶対に美味だよね！」

「私が作ったんじゃないんだけど」

「料理は誰が作ったかじゃない。誰が丹精込めて真心込めて運んだか、だよ」

「めちゃくちゃ良《い》い顔で言ってるけど、絶対に違うと思うし、普通に運んだよ」

あの姉妹喧嘩《げんか》以降、お姉ちゃんはずっとこんな調子だ。今まではメッセのやり取りだけだったけど、こうやって実際に会うと勢いが違う。この様子だとメッセでもかなり抑えてそう。

お姉ちゃん曰《いわ》く「これからは逃げずにもっと小白《こはく》ちゃんとお話しするよ！」ってことらしいけど……これは違くない？　いや、そもそも本当はもっとお姉ちゃんと話したかった、って言ったのは私だけど、まさかここまでとは思わないじゃん……？

「小白《こはく》ちゃん、もう休憩時間だよね？」

「なんで知ってるの？」

「小白《こはく》ちゃんが店長さんと話してた時、唇の動きを読んだから。読唇術《どくしんじゅつ》ってやつだね」

……相変わらず、何でもありだなぁ。うちのお姉ちゃんは。

「一緒に食べよ♪」

「……ま、いいけど」

ちょうどお腹《なか》もすいてたし。お姉ちゃんから逃げたくもないし。……成海《なるみ》に背中を押してもらえないと何もできない、なんてこともなりたくないしね。

「小白《こはく》ちゃん、何食べる？　焼きそばとか美味《おい》しそうだよ」

「んー……じゃあ、焼きそばで……」

まだ働いている他のスタッフさんたちに少し悪いなと感じつつ、お姉ちゃんから勧められるままに焼きそばを手に取ろうとして……やめた。

「……やっぱり、フランクフルトにする」

焼きそばだと歯に青のりがつきそうだし。

……歯に青のりがついてるとこなんて、成海《なるみ》に見られたくない。

「乙女だねぇ」

私の考えを見透かしたように、お姉ちゃんはにやにやとした顔をしてくる。なんかムカつくのであえて答えず、フランクフルトにケチャップをかけていく。

「こんなにも乙女な小白《こはく》ちゃんが見られたんだもん。成海《なるみ》くんには感謝しなきゃね」

「？　なんで成海《なるみ》？」

「あはは。なんでもなにも、付き合ってるんでしょ？　成海《なるみ》くんと」

「――――――（ぐしゃっ）」

とっさのことで容器を握る手の力が入りすぎてしまったらしい。フランクフルトはケチャップの泉の中に沈んでいて、私のお皿だけ猟奇的殺人の事件現場みたいになっていた。

いや、そんなことはどうでもいい。それどころじゃない。

「は？　え？　つ、付き合ってる？　私が？　成海《なるみ》と？」

「えっ……違うの？」

「違うし！」

　また手元でケチャップが暴発した音が聞こえた。手の感触からして多分、容器の中にはもうケチャップは残っていないだろう。

「………ほんとに？　お姉ちゃんが嫌いだからって嘘《うそ》ついてない？」

「ほんとにほんとだし！　お姉ちゃんのことも嫌ってないしむしろ大好きだし！」

「うーん……本当なら嬉《うれ》しさのあまり鼻血が出てもおかしくないんだけど、ビックリしすぎてそれどころじゃなくなっちゃったよ」

　一瞬、お姉ちゃんがからかってきてるものだと思っていたんだけど、反応を見る限り本当に驚いているらしい。

「てかさ。わ、私が……成海《なるみ》と……つ、付き合ってる、とか。なんでそんな勘違いしたの？」

「逆に訊《き》くけど付き合ってないのに、あんな惚気《のろけ》みたいなメッセを送ってきたの？」

「の、惚気《のろけ》⁉　そんなの送った覚えないんだけど⁉」

　お姉ちゃんはスマホを取り出すと、私がメッセで送った写真を見せつけてきた。まるで刑事ドラマの主人公が、犯人に対して証拠を突き付けるみたいに。

「この写真は」

「それは……成海《なるみ》と一緒にテーマパークに行った時のやつだね」

「距離が近くない？　もうくっついてるじゃん。密着二十四時どころか二百四十時じゃん」

「だ、だって、そうしないと画面に収まらないし……」

「手を繋《つな》いでるね」

「人が多かったから、はぐれないようにって、成海《なるみ》が……」

「………じゃあ、こっちの写真は？」

「ベッドに寝転んでる成海《なるみ》の写真でしょ。それがどうしたの」

「この角度と構図からして、小白《こはく》ちゃんも同じベッドに寝転がってるよね」

「ベッドがちょっと大きめだったから……寝る時は別の部屋だったよ？」

「当たり前だよ！　そこじゃないよ！　こんなのどう見てもカップルじゃん！　付き合ってるじゃん！　これで恋人じゃないとか嘘《うそ》じゃん！」

「だから違うってば！」

お姉ちゃんの勢いと圧が半端《はんぱ》ない。ドラマとかで証拠を突き付けられた時の犯人の気持ちがわかる気がする。実際、私はフランクフルト血みどろケチャップ事件を起こしちゃってるわけなんだけど……。

「ここまでやって付き合ってないのって、もう何すれば付き合うの？」

「だ、だから、私と成海《なるみ》は、そういうのじゃ……」

「……そうだとしてさ。小白《こはく》ちゃんはどう思ってるの？」

「え？」

お姉ちゃんからの問いに、言葉が詰まった。

「小白《こはく》ちゃんは、成海《なるみ》くんのことをどう思ってるの？　ただの友達？」

ただの友達――と、返すことはできなかった。

私にとって、成海紅太《なるみこうた》という存在は……。

「……友達じゃない」

これまで定義していた成海《なるみ》との関係は、私の中でとっくに形を変えていた。きっとその形は、とっくの昔に変わっていて。

「私は成海《なるみ》を、もう友達だなんて思えない。同盟相手とも思えない」

私はその輪郭に触れないように、見ないように、目を背けていただけで。

「だって私は……成海《なるみ》のことが好きだから」

――私の心は、とっくに逃げ場を失《な》くしていた。

「そっか……私、成海《なるみ》が好きだったんだ」

私が自分の気持ちを絞り出すと、お姉ちゃんは優しく笑う。

「そうだと思ってた」

「……お姉ちゃん。もしかして、このために……」

「私は大好きな妹に会いに来ただけだよ。仕事のついでにね」

お姉ちゃんははぐらかすようにかき氷を口に運ぶ。

「でも……うん。安心した。私が知らない間に、小白《こはく》ちゃんはちゃんと恋をしてたんだね」

「改めて言わないでよ。なんか、恥ずかしいじゃん……」

そうだ。私は成海《なるみ》紅太《こうた》に恋をしている。

それは間違いないけど、それを改めて言葉にされると照れくさいものがある。

「私は今まで、小白《こはく》ちゃんは逃げることしかできないと思ってたから。他人を拒絶してるだけじゃ恋はできないもん。……それが改めて確認できてよかった。今の小白《こはく》ちゃんなら大丈夫。ちゃんと強くなってるよ」

お姉ちゃんはかき氷を食べるための手を止めて、目の前の私から目を逸《そ》らす。

「だからあんたも、そろそろテーブルにつけよ」

「────っ……」

お姉ちゃんの視線を追いかけて、息が止まった。

「……ママ」

私たちの……ううん。違う。お姉ちゃんがいるテーブルに近づいていたのは、ママだった。

「……小白《こはく》？　なぜあなたがこんなところにいるの？」

メガネのレンズ越しから滲《にじ》み出《で》る、冷たい眼差《まなざ》し。私の全てを否定するかのような声。

変わっていない。私が家を出た時から、ずっと。

「ここでバイトしてるから。今は休憩時間だけど」

淡々と事実だけを答える。ママは『バイト』という単語を訊《き》いて眉をひそめた。

「バイトを許可した覚えはないけど……いや。そんなことより、何かトラブルを起こしてないでしょうね？　頼むから黒音《くおん》の名前だけは出さないでよ」

最初から、私が何かトラブルを起こすことを前提とした語り口。

嫌になる。嫌になるけど……なんでかな。今は全然、心に響かない。

「わかってる。お姉ちゃんに迷惑はかけないよ」

「どうだか」

私の言葉を信じる気なんて一切ないような返しにも、冷静でいられる。

正直、そのことに誰よりも私自身が驚いていた。

「黒音《くおん》。休憩はもう十分でしょう？」

「まだ始めたばっかだよ。見てよ、この美味《おい》しそうなカレーとか一口も食べてないんだから。てゆーかさ、あんたもお昼まだ食べてないでしょ？　せっかくだし座りなよ。家族みんなで食べれば時間短縮になるんじゃない？」

「…………」

大量に注文したメニューを消化するまではお姉ちゃんが離れないとふんだのだろう。あの家出の日以降——いや。いつぶりだったかも思い出せないほど久々に、加瀬宮《かぜみや》家全員が揃《そろ》って同じテーブルについた。

「んっ！　海の家におでんってどうなのかなって思ってたけど、結構いいね！」

お姉ちゃんは食べることに集中している。多分、意図的に。

「………………」

私は血みどろみたいになったフランクフルトをもそもそと食べつつ、ママの方をうかがっていた。

ママは先ほどから食事に一切手をつけていない。時計を気にしながら、スマホを操作して何かしらのメッセージを打っていた。その姿が少し前までは拒絶されているように感じていたけれど、今は何も感じない。

それどころか……。

「………ちょっと痩せた？」

「あなたには関係ないでしょ」

ママは私と目を合わせることなく切り捨てる。だけど、それに怒りも悲しみも感じない。

（ママって、こんな感じだったっけ……）

私の目に映るママは、とても疲れているように見えた。

よく観察してみると真っ黒な髪はツヤがないし、目元にクマができていて、それを無理やりコンシーラーで隠している跡がある。手も荒れていてボロボロだ。お姉ちゃんのような圧は何も感じない。怖さなんてない。その姿は、記憶の中よりもずっとずっと疲れ切っていて……。

(ママって……こんなにも……小さかったっけ……)

この家出をしている間、ママのことを全く考えなかったといえばウソになる。

むしろ次に会った時、何を言ってやろうかと考えたことがあったぐらいで。

だけど、何も言えなかった。目の前にいるママに対して、言葉が見つからなかった。

「……ごちそーさまっ！」

ママに対して何も言えずに、時間だけが過ぎて。気がつけばお姉ちゃんはテーブルの上に並べられていた料理を全て食べ終えていた。

「うんっ！　全部美味《おい》しかった！」

「……だったら、もういいでしょう。そろそろ移動しないと、次の現場に間に合わなくなるわ」

「はいはい。わかってますよー。スケジュールぐらい把握してるっての」

結局ママは料理に何も手をつけなかった。いつ、ご飯を食べてるんだろう。

「…………っ……ぁ……ママっ！」

このままじゃダメだ。言葉は何も出なくても、それでも何か言いたくて。

「家出ごっこは好きに続けなさい」

「…………っ……！」

「私は、あなたが家にいなくても困らないわ」

それだけ、だった。ママはそれだけしか言わなくて、私には目もくれず去っていく。

遠ざかっていく背中は、記憶の中よりもやっぱり小さくて、頼りなくて……。

「情けないなぁ。あいつ」

「……お姉ちゃん」

「一応言っておくけど、小白《こはく》ちゃんを連れ戻したくて会わせたわけじゃないよ」

「うん。それは……わかってる」

どうしてお姉ちゃんがここにきたのか。私の気持ちを自覚させるため、というのも本当だろう。だけど、それだけじゃなかった。

「現在《いま》の私に、ママを見せたかったんだよね」

「それが伝われば十分かな」

またね、って。それだけを言い残して、お姉ちゃんも去っていく。記憶よりもずっと小さな背中と一緒に。私はそんな二人の背中を見ていることしかできなかった――。

☆

●紅太《こうた》：軽く海で遊ばないか？
●kohaku：夜だけど、せっかくだし
●紅太《こうた》：なら、よかった
●紅太《こうた》：私も誘おうと思ってた

誘ってみると、加瀬宮《かぜみや》は『OK！』と描かれたお気に入りの猫スタンプを送ってきた。

（…………俺の本音か）

俺自身、この感情にまだ整理がついていない。だからこそ会いたかった。

何より――――昼間、休憩が終わってから、加瀬宮《かぜみや》の様子がおかしい。

合間に話を訊《き》いてみると、どうやら黒音《くおん》さんと母親に会ったらしい。また夏樹《なつき》に過保護と言われるかもしれないし、その自覚はあるけれど……加瀬宮《かぜみや》を独りにしたくなかった。

「夏樹《なつき》。ちょっとスマホとか財布の貴重品、預かってもらっていいか？」

「いいよ。加瀬宮《かぜみや》さんと海に行くの？」

「そんな感じだ。夏樹《なつき》も来るか？」

「まさか。邪魔をする気はないよ」

貴重品を夏樹《なつき》に預けて住み込みの寮から夏の夜空の下へと身を晒《さら》し、海辺までの道を歩く。

夏の海といえども、この時間帯ともなると人けはなかった。

輝く星を内包した夜空は、まるで輝く宝石を納めた宝箱のよう。

少しの塩気と熱のこもった夏の海の空気。悪くない。

「成海《なるみ》、ごめん。お待たせ」

砂浜から海を眺めているうちに、加瀬宮《かぜみや》が小走りでやってきた。

ラフなシャツにショートパンツを穿《は》いており、ヘアアレンジなのか髪は後ろで束ねている。

首回りが無防備なその姿に、心臓の鼓動が天を衝《つ》くように跳ねた。

「大丈夫。待ってない。というか、そこまで急がなくてもよかったのに」

「走りたい気分だったから」

夜風にさらわれるように、束ねられた長い金色の髪が煌《きら》びやかに揺れる。

海辺に佇《たたず》む加瀬宮《かぜみや》の姿は夏が見せた幻想のように美しく、同時に心がざわつく。加瀬宮《かぜみや》の綺《き》麗《れい》な髪が、夜風に気やすく弄ばれているような気がして面白くない。

「夜の海だし、泳ぐのって危ないよね？」

「そうだな。暗いし、避けた方がいいかも」

「だよね。一応、お姉ちゃんが送ってくれた水着を着てきたんだけど……ま、いっか。せっかくだし脱いじゃえ」

言うや否《いな》や、ゆらゆらと風と戯《たわむ》れていた加瀬宮《かぜみや》の髪がシャツに埋まる。

加瀬宮《かぜみや》は思い切りよく、その場でシャツとパンツを脱ぎ捨ててしまった。

月光に照らされた白くてきゅっとしたウエストが露《あら》わとなり、心臓が一瞬にして熱を帯びる。

白い水着《ビキニ》に包まれた加瀬宮《かぜみや》の姿は、まるで夜の海に現れた天使のようで。

「加瀬宮《かぜみや》」

「ん？」

「…………似合ってる。すごく、綺麗《きれい》だ」

どうにか、それだけを絞り出した。

「────っ……。ありがと……」

照れたように柔らかく笑う加瀬宮《かぜみや》は、あまりにも反則だ。そう思った。

「成海《なるみ》は水着とか、着てきてないの？」

「一応、着てる。着てるっていうか、穿《は》いてる？」

「じゃあ、成海《なるみ》も脱ぎなよ。なんか私だけって恥ずかしいし……」

「それもそうだな」

俺もまたシャツを脱ぎ、加瀬宮《かぜみや》と共に夜の海へと足を踏み入れた。

あまり深い場所には行き過ぎないようにして、足元を包み込む程度の場所で踏《ふ》み止《とど》まり、二

人で波と戯《たわむ》れる。

「冷たっ」

「でも……気持ちいいな」

「そうだね。ひんやりして、波もくすぐったくて……」

夜の海、夜の浜辺。星空の下に広がる世界を眼差《まなざ》しで追う。

だけどそこには誰もいない。俺たち二人以外の息遣い以外に、何もない。

「……この世界に、私たち二人しかいないみたい」

自然の静寂。夜の静謐《せいひつ》。世界に満ちる静けさは加瀬宮《かぜみや》の言葉を肯定しているかのようだった。

「……でも、行き止まりみたいにも見える。これ以上、先には進めない」

「……うん。そうだね。きっとここが……私たちの、行き止まり」

胸の中に生まれた寂寥《せきりよう》をかき消すように、海の水を掬《すく》い取《と》って両手で打ち上げる。水は夜空に浮かんだ花火のように舞い、加瀬宮《かぜみや》の顔にかかった。

「わっ。ちょっ、なに」

「せっかく水着になったんだし、もっと水で遊ばないと損だろ？」

「それもそうだけど……ひゃっ。あー、もうっ。お返しっ！」

「しょっぱっ！」

星空の下、二人で水をかけあって戯《たわむ》れる。

この先に進むことはできない。暗い海を渡ることはできない。だから、この行き止まりの場所で、二人で遊ぶ。二人で楽しむ。終わりの予感を噛《か》みしめながら。

「はー、楽しい。こんな風に水遊びしたの、いつぶりだろ」

加瀬宮《かぜみや》は弾んだ息を整えて、それからまた口を開いた。

「何か、用事があるんでしょ？」

「え？」

「遊ぼうって誘ってくれた理由。なんか、そうなのかなって。犬巻《いぬまき》もいないし」

「用事っていうか……」

加瀬宮《かぜみや》が心配だった。加瀬宮《かぜみや》を独りにしたくなかった。だから呼び出した。そのはずだったけど、どれも薄っぺらい気がして、加瀬宮《かぜみや》本人を目の前にして上手《うま》く言葉が紡《つむ》げなかった。

「昼間、黒音《くおん》さんと母親に会ったんだろ。加瀬宮《かぜみや》を独りにしたくなかったんだよ」

「そっか……心配かけちゃったね。ごめん」

「――――っていうのは、言い訳だ」

心配だったのは本当だ。加瀬宮《かぜみや》を独りにしたくなかったのも本当だ。

だけど、加瀬宮《かぜみや》に実際に会ってみてわかった。本当でも、全部じゃない。言い訳なんだ。

「加瀬宮《かぜみや》に会いたかった。それだけなんだ」

会いたくなったんだ。加瀬宮小白《かぜみやこはく》への感情を自覚して、理屈を抜きにして会いたくなった。

ただそれだけだった。

「謝らなきゃいけないのは俺だよ。ごめんな。こんなことで呼び出して。でも、加瀬宮《かぜみや》と遊びたかったのも本音だから」

「────っ……謝らないでよ………」

加瀬宮《かぜみや》はそう言って、視線を逸《そ》らす。こんな、俺のワガママだけで呼び出して、もしかしたら怒ったのかと思ったのだけれども。

「……嬉《うれ》しい、から……」

「そっか……嬉《うれ》しい、か」

「うん……。嬉《うれ》しい。すごく、嬉《うれ》しいよ」

ちょっと予想外の答えが返ってきて思わず反応が遅れた。

こくん、と頷《うなず》く加瀬宮《かぜみや》は可愛《かわい》らしくて、今すぐ抱きしめたくなる衝動に駆られてしまう。

「俺の用事はそれだけ。加瀬宮《かぜみや》の方は？　そっちも誘うつもりだったんだよな」

「ん……」

呼吸を整えるような間の後。加瀬宮《かぜみや》は逸《そ》らしていた眼《め》を戻し、ゆっくりと、だけどはっきりと、言葉を紡《つむ》いだ。

「私ね……家に、帰ろうと思う」

潮風や夜の海が奏《かな》でる音色が沈黙の中に流れ込む。

家出と称した稚拙で幼稚な逃避行。夢のように心地良い日々の終わりを告げられたというのに、俺の心は不思議と穏やかだった。

「そっか」

「……ごめん。成海《なるみ》に散々迷惑かけたのに」

「謝るなよ。むしろ俺は楽しかった」

こうなることは最初からわかっていた。加瀬宮《かぜみや》は強い子だ。だから、いつか立ち直ることも、こうやって彼女の方から終わりを告げることになるだろうという予感はあった。

「昼間、お姉ちゃんと……ママに会ったでしょ」

「母親から何か言われたのか？」

「言われた。でも……何も響かなかった」

暗い海を眺める加瀬宮《かぜみや》の声には、仄《ほの》かな悲しみが滲《にじ》み出していた。

「私の記憶の中にいるママは、絶対に逆らえないぐらい怖い人だった。頭がよくて、スーツを着こなして、バリバリ仕事して、家事もして……どれだけ冷たくされても、否定されても、そんなママの言うことが、心のどこかで正しいって思ってた」

まるで遠い日々、幼い頃の思い出を語るように加瀬宮《かぜみや》は言う。

「…………でも、今日見たママは違った。目の下にはクマがあるし、手も荒れてた。体も想像よりずっと痩せて細くて、疲れてて……ボロボロで。でも、急に変わったわけじゃない。私が家出してたから憔悴《しょうすい》したとか、そういうのでもない。私が気づいていなかっただけで、ママはずっとああだった。ママが、あんなにも小さい人だったなんて……今まで気づかなかった」

冷たくされてきたのも、否定されてきたのも、傷つけられてきたのも、加瀬宮《かぜみや》だ。

「私、父親のこと何も知らないんだよね。海外の人ってこと以外。物心ついた時にはもう離婚してたし、ママも話してくれないし。私は別にそれでもよかったんだ。母子家庭がどうとか、そういうこと言われたりしたこともあったけど、あんまり気にならなかった。私は、そうだったけど……ママは違うよね。逃げ出したい時なんて、いくらでもあったはずなのに」

だけど目の前の女の子は、自分を傷つけてきた相手のことを想《おも》って泣いている。

「アルバイトをしてみてちょっとはわかった。働いてお金をもらうって大変なことで、ママは私たちを育てるために、ずっとずっと働いて……辛《つら》い時も、泣きたくなるぐらい悲しい時もあったはずなのに、それでも働いてた」

頰に伝う一筋の雫《しずく》を、自分ではなく自分を否定してきた人のために流していた。

「私には成海《なるみ》がいた。辛《つら》い時も、泣きたくなるぐらい悲しい時も、いつだって成海《なるみ》が駆けつけてきて、私を楽しい夢に連れ出してくれた。ママには……そういう人がいなかったんだ。頼れる相手もいなくて、逃げることもできなくて、逃げる場所もなくて……それでも、たった一人で私とお姉ちゃんを育ててくれた。なのに私は……ただ、ママを恨むことしかできなかった」

過去の己を悔いるように加瀬宮《かぜみや》の瞳から、ぽろぽろと宝石のような粒が零《こぼ》れ落《お》ちていく。

「私……本当に子供だったんだなぁ……」

それは悪いことじゃない。仕方がないことだと思う。

実際、俺たちは子供だ。どれだけ想《おも》おうと、後悔しようと、どうにもならないことはある。

だけど加瀬宮《かぜみや》は「仕方がない」で済まさない。

ただ過去の己を悔いて、自分を傷つけた相手に涙をこぼしている。

果たして、それが本当に子供の姿なのだろうか。少なくとも俺には、そうは見えない。

「……だから、決めたの。ママに謝るために、帰ろうって……決めた、のに……」

未来へと目を向けたはずの加瀬宮《かぜみや》は涙を零《こぼ》しながら、俯《うつむ》いた。

「帰らなきゃいけない。ママのこと、ちゃんと見なくちゃいけない。なのに……」

俯《うつむ》いた先にある暗い海に、嗚咽《おえつ》と共に雫《しずく》が落ちる。

「そう決めたのに……帰りたくないって気持ちも、あるの……」

月の光が照らし出す水の宝石は、波紋を残すことなく波に飲み込まれていった。

「だって、終わっちゃうから……」

そして加瀬宮《かぜみや》は——下した決断と共に生じたであろう終わりを、言葉にしていく。

「帰っちゃったら……帰らない理由がなくなったら……この同盟も……私たちの関係も……私たちの過ごす時間も……きっと……終わっちゃう、から……」

俺たちは友達であり、ファミレス同盟だ。

家に帰りたくなくて。逃げたくて。帰らない理由がほしくて。

でもきっと、もう理由はなくなってしまう。

夜が明ければ、この逃避は終わるだろう。加瀬宮《かぜみや》は家に帰るだろう。

そこで母親と向き合うのだろう。そこがきっと、俺たちの同盟の終わり。

この同盟が終わりを迎えたなら、俺が加瀬宮《かぜみや》小白《こはく》の隣に立つ理由は残らない。

加瀬宮《かぜみや》小白《こはく》もまた、成海《なるみ》紅太《こうた》の隣に立つ理由は残らない。

俺たちの同盟という関係も、同じ時間を過ごす理由も、なくなってしまう。

果たして。俺は何の資格があって今、ここにいるのだろう。それとも資格がないから、涙を流す加瀬宮《かぜみや》に近づけずにいるのだろうか。

「────……っ」

細かい理屈なんてわからない。頭よりも先に体が動き、体よりも先に心が動いていた。

涙を流す加瀬宮《かぜみや》小白《こはく》を見たくなくて。

月の光が照らす頬の雫《しずく》を────悲しいほど美しい水の宝石を、指で拭っていた。

「……ごめっ……私、慰めてほしい、わけじゃ……そんなつもりじゃ……」

「わかってる。わかってるから」

今はまだ指先一つ分。

もっと触れたい。もっと傍《そば》にいたい。

「加瀬宮《かぜみや》。俺さ、黒音《くおん》さんに言ったよな。俺が加瀬宮《かぜみや》の時間を独り占めしたかったたって」

「……うん。言った。嬉《うれ》しかった」

指を一つ。もう一つ。触れる。

「その気持ちは今も変わってない。でも、今まで俺がお前の時間を独占できてたのは、俺たちが同盟関係で、友達だったから。一緒に逃避する関係だったから。それがなくなるなら、逃げることをやめて、家に帰るなら、きっともう理由はなくなる。加瀬宮《かぜみや》の言う通りだよ。俺たちの名前付きの関係は、もう終わるんだ。多分、それが正しいんだよ。いつまでも逃げ続けるなんてことは、間違ったことだから」

加瀬宮《かぜみや》に触れる指の数が、増えていく。

「それでも俺は、加瀬宮小白《かぜみやこはく》がほしい」

手のひらで頬に触れる。加瀬宮《かぜみや》の頬は、甘い熱を帯びていた。

「加瀬宮小白《かぜみやこはく》を誰にも渡したくない。理由なんてなくても一緒にいたい。一緒に逃げても、逃げなくても。そんなこと関係なく、加瀬宮《かぜみや》の傍《そば》にいたい。でも、ただの友達でも駄目なんだ。もう、我慢できない。全然足りない」

「なる、み………」

もうだめだ。止まらない。一度自覚して、溢《あふ》れ出《だ》した想《おも》いは、自分でも制御できない。

「加瀬宮《かぜみや》が好きだ」

この体の熱を吐き出すように、加瀬宮《かぜみや》小白《こはく》に、伝えたい想《おも》いを吐き出していく。

「家に居場所がなくて、ファミレスに入り浸ってて、映画ばっか観《み》てて、凝り性なとこがあって、ゲームで徹夜して、好みがどこか子供っぽくて、ハンバーグの切れ端一つで大騒ぎして。勢いのままに家出して、お姉さんの存在に傷ついてる癖に立ち上がって立ち向かって、家に帰る決意までした――――そんな、加瀬宮《かぜみや》小白《こはく》が好きだ。どうしようもないぐらいに、俺の心はもう加瀬宮《かぜみや》に溺れてる。だから今日も、明日も、明後日《あさって》も。その先の未来まで。加瀬宮《かぜみや》小白《こはく》を、俺に独り占めさせてくれ」

煌《きら》びやかな海を固めたような、今にも吸い込まれそうなほど美しい、蒼《あお》の瞳。

驚いたように見開き、丸くなったその瞳は――――まるで、この世の何よりも綺麗《きれい》な蒼《あお》い満月のようだった。

「あげる。ぜんぶ、あげるよ。私のぜんぶ。成海《なるみ》に、あげる。だから、私にもちょうだい。成《なる》海《み》を独り占めさせて。私はもう、成海《なるみ》に溺れてるの。どうしようもないぐらい」

「全部やるよ。俺の人生も、未来も、何もかも。だから、一緒に帰ろう。これからも会おう。同盟なんて関係なく。友達でもなく。ただの、恋人として」

「うん……うんっ……！」

静謐《せいひつ》の夜が奏《かな》でる、僅かな波音。心地良く揺れる水面《みなも》を遮るのは、俺たち二人だけ。

目の前には加瀬宮《かぜみや》しかいない。加瀬宮《かぜみや》の瞳にも、俺しかいない。

逃避を続けた果てに辿《たど》り着《つ》いた行き止まり。

真っ暗な世界には今――俺たち二人しかいない。

ここに居るのは俺たちだけだ。この世界には今、お互いの存在以外、何も介在する余地が無い。何も。

「…………」

「…………」

俺たちは互いに見つめ合い、互いの瞳に夢中になって、互いに惹《ひ》かれるように――互いの体を抱きしめて、唇を重ね合った。

「――――」

接触は一瞬。

だけど口から全身を駆け抜けた、痺《しび》れるように甘い熱だけは永遠となって、身体《からだ》に刻まれた。

「――あ……」

離れて、加瀬宮《かぜみや》の口から吐息交じりの甘い声が漏れる。

心臓が。熱い。この激しい音は、俺のものか。それとも加瀬宮《かぜみや》のものなのか。わからなかった。今はもう、二人の境界線すらも曖昧で。

「……キス、しちゃったね。幸せすぎて、夢みたい」

「……もしかしたら、夢かも」

「……確かめてみる？」

「こっちのセリフだろ、それ」

抱きしめた体は離れない。俺も加瀬宮《かぜみや》も、互いの体を離そうとしない。

夢心地な加瀬宮《かぜみや》の顔。愛おしくて、抑えがきかなくなって、自分のものにしてしまいたくて、空で輝く月にすら見せたくなくて。月明かりから隠すように、その口を塞いでしまう。

「……夢じゃないな。やっぱり。これが夢なら、幸せすぎて目が覚めてる」

「……私はまだ、わかんない」

ねだるような蕩《とろ》ける言葉。揺れる瞳。淡い眼差《まなざ》し。

抱きしめ合って触れた胸から伝わる、加瀬宮《かぜみや》の甘いリズムの鼓動が心を揺らす。

「……足りない。もっと教えて。この幸せが夢じゃないって」

「教えるよ。この幸福が現実だって、解《わか》るまで」

「うん。教えて。もっともっと、成海《なるみ》に溺れさせて」

三度目のキスは、今までよりもずっと長く続いた。

その後、俺が加瀬宮《かぜみや》にどれぐらいの時間、現実を教えていたのかは――夜空から見守っていた、月だけが知っている。

第六章　加瀬宮小白が望んだ『いつか』は

当初から予定されていた日程を全て終え、俺たちのアルバイトは終わりを迎えた。店主からは感謝の言葉と共に少し弾んでもらったバイト代をもらい、俺たちは海の家を後にした。

「夏樹《なつき》、お前が気をまわしてくれたのか？」

「違うよ。軽く聞いた感じだと、取材効果で例年よりも売り上げが増えてたんだって。あとは加瀬宮《かぜみや》さんの力も大きいんじゃないかな」

「私？」

「綺麗《きれい》な子がいるって評判で、お客さんがたくさん来てたし」

そういえば、明らかに加瀬宮《かぜみや》目当ての客もいたっけ。まあ、加瀬宮《かぜみや》は普段から教室でも見せている絶対零度っぷりで殆《ほとん》どの客はいなしてたけど。

……加瀬宮《かぜみや》は魅力的だから、そういう男が寄ってくるのはわかってはいたことだけど……。

「成海《なるみ》？　なんか、顔が怖いけど」

「加瀬宮《かぜみや》さん。これはね、彼氏としては面白くないなーって思ってる顔だよ」

「………そうなの？」

「そうだよ。面白くない」

問いに即答すると、可愛《かわい》い彼女は顔を赤くして、恥ずかしさから目を逸《そ》らした。

――俺と加瀬宮《かぜみや》が恋人になった日の夜。俺たちの関係は、すぐ夏樹《なつき》に報告した。

嬉《うれ》しかったのもあるけれど、俺がこうやって自分の気持ちを自覚して向き合えたのは夏樹《なつき》のおかげだ。何より、夏樹《なつき》には一番に報告したかった。一番の幼馴染《おさななじみ》で大切な親友だから。

「なんか、犬巻《いぬまき》の方が成海《なるみ》をわかってる気がする……」

「これでも幼馴染《おさななじみ》だからねー。まだまだ負けるつもりはないよ」

「そのうち追い越すから」

「できるかな？」

「言ってろ」

バチバチと火花を散らす二人。その間にいる俺。こういう時、どういうリアクションをすればいいんだ。俺のために争わないでとか？　違う気がするなぁ……。

「夏樹《なつき》。ありがとな、色々」

「そのお礼が聞けただけで、僕の人生は今日も幸福だよ」

そう言って、夏樹《なつき》は駅の改札に消えていく。

「じゃあね加瀬宮《かぜみや》さん。それと……紅太《こうた》。今度はバイトじゃなくて、一緒に遊んだりしよーね」

「……ありがと。ほんと、色々助かった。あと、お姉ちゃんもお礼言ってたよ」

「どっか遊びに行こう。その時は俺の奢《おご》りだ」

「あはは。楽しみにしておくよ。じゃ、僕は先に帰ってるから。ばいばーい」

お互いに手を振って、夏樹《なつき》の後ろ姿が見えなくなるまで見送った後、俺と加瀬宮《かぜみや》は駅を出てすぐの場所に停《と》めてあるワンボックスカーに乗り込んだ。

「友達のお見送りは終わった？」

中の座席で待っていたのは、黒音《くおん》さんだ。

「はい。無事に」

「一応、言われた通りお礼は伝えたよ」

「ありがとね。小白《こはく》ちゃんが色々お世話になったみたいだから、本当は直接お礼が言いたかったんだけど……ま、ここじゃkuon《私》が下手に歩いていたら騒ぎになりそうだし」

ファミレスに乗り込んでおいてよく言う……とは口に出さないでおこう。

「家出した小白《こはく》ちゃんを見つけて会いに行こうって時に、周りを気にする必要ある？　非常事態だよ？　緊急事態だよ？」

こっちの心を読んできたみたいなセリフが差し込まれた。

この人なら本当に心を読んできそうだから笑えないんだよ。

「……あの。私の方から、お願いしといてなんだけどさ。お姉ちゃん、お仕事大丈夫なの？」

「大丈夫！　私の時間は全て小白《こはく》ちゃんが優先されるからね！」

「そういうことじゃなくて」

「スケジュールの調整ぐらいよゆーだよ。こういう時のために貸しを作ったり、ネタを集めてるんだから。それにちょうど、今日はまだ融通が利く日だったし」

……なんのネタなのかは聞かないでおこう。

一瞬だけ頭の中に『脅迫』の二文字が浮かんだけど、きっと気のせいだ。

「じゃ、いこっか。お願いしまーす」

黒音《くおん》さんの掛け声で車が発進する。運転しているのは、黒音《くおん》さんの事務所の人だろうか。

車内にいるのは運転手さんを除けば、俺と加瀬宮《かぜみや》と黒音《くおん》さんの三人だけ。

行き先は――――

「本当に家に帰るの？　小白《こはく》ちゃん」

「…………うん。帰るよ。ごめんね、お姉ちゃん。色々振り回したり、心配かけたりして」

「小白《こはく》ちゃんに振り回されるのはむしろご褒美《ほうび》だからいいんだけどさ。家に帰るってことは、あの人と向き合うってことだよ。それは分かってる？」

「わかってる。そのために帰るって決めたから」

加瀬宮《かぜみや》の眼差《まなざ》しは、胸に宿る彼女の強い決意を雄弁に語っていた。

黒音《くおん》さんにはきっとそれで十分で、「そっか」と納得したようにうなずいた。

「でも、よかったの？　私を呼んで。成海《なるみ》くんと一緒に帰るって選択肢もあったでしょ」

家に帰ると決めた後、加瀬宮《かぜみや》は黒音《くおん》さんに連絡をとって、迎えに来てもらうように頼んだ。

無論、家出をした時と同じように電車で帰るという手もあった。そうすれば少しでも、この家出という時間を引き延ばせるから。だけど、俺たちはあえてそうしなかった。

「加瀬宮《かぜみや》と話しあって決めたんです。もうこの家出を引き延ばすのはやめようって」

俺たちの家出は、あの暗い夜の海に辿《たど》り着《つ》いた時から終わっていた。

あそこが俺たちファミレス同盟の行き止まり。できることはあの場所に留まるか、引き返すか。それだけだった。そして俺たちは引き返すことを選んだ。家に帰る。母親と向き合う。加《か》瀬宮《ぜみや》がそう決意した時から、終わりを受け入れることは決まっていた。

「それに、お姉ちゃんから話を聞いておきたかったから……ママのこと」

「………そっか。そこまで踏み込む気になったんだ。男子、三日会わざれば刮目《かつもく》して見よっていうけど、小白《こはく》ちゃんの場合は天使、二秒会わざれば刮目《かつもく》して見よ、だね……」

「絶対に違う」

「呂蒙《りょもう》もびっくりだね……」

「お姉ちゃん。まともに会話して。お願いだから」

しんみりした顔でこんな言葉を返されたら、加瀬宮《かぜみや》もこう言いたくもなるだろう。むしろよく反応したと称賛を送りたい。

「心配しなくてもちゃんと話すよ。話すけど……あんまり気が進まないのも確かなんだよね」

「それは、なぜですか？」

「…………小白《こはく》ちゃんを傷つけるだけだから」

俺たちの席から黒音《くおん》さんの顔を見ることはできない。どんな表情をしているのか。どんな想《おも》いを抱いているのか。その胸の内も、見えはしない。

「いいよ。それでも」

「本当にいいの？　もしかしたら、やっぱり家に帰るのやーめたって言いたくなるかも」

「絶対に言わない」

「根拠は？」

「彼氏がいるから」

加瀬宮《かぜみや》は何の迷いもなく堂々と言い切った。

「私一人じゃ受け止めきれないかもしれない。ただ傷つくだけだったかもしれない。でも今の私には、どれだけ傷ついても支えてくれる人が……成海《なるみ》が傍《そば》にいるから。だから、大丈夫だよ」

二人で手を握り、指を絡《から》める。絶対に離さない。何があっても支える。そんな気持ちを、絡《から》めた指を通じて互いに伝えあう。

「あははっ！　そっか。彼氏がいるから、大丈夫か。そうだね。うん。今の成長した小白《こはく》ちゃんなら。傍《そば》に支えてくれる人のいる小白《こはく》ちゃんなら、大丈夫だよね」

「だから話して。ママのこと」

「……わかった」

加瀬宮《かぜみや》の強さを受け入れた黒音《くおん》さんは語り始めた。

「私が話せるのは、負い目だよ」

「負い目？」

「そう。母親《アレ》は、小白《こはく》ちゃんに対して負い目を持っている」

加瀬宮《かぜみや》の母親。彼女が持つ、傷を。


――――加瀬宮《かぜみや》の両親は、加瀬宮《かぜみや》が生まれてすぐに離婚したらしい。

理由はわからない。そのことを加瀬宮《かぜみや》の母親は語りはしなかったそうだ。

ただ事実なのは、加瀬宮《かぜみや》の母親はシングルマザーで子供を二人育てることになった。

実家に帰る、という選択肢は加瀬宮《かぜみや》の母親にはなかった。

突然実家を飛び出してそれっきり帰らなかったのは、加瀬宮《かぜみや》の母親の方だったから。

「それって……」

「そ。ほとんど家出みたいなもん」

家出同然だった加瀬宮《かぜみや》の母親は、一人で子供を二人育てた。頼れる者は誰も居ない状況で、働きながら子供を育てる苦労は、今の俺たちには想像もつかない。

そんなある時、加瀬宮《かぜみや》の母親にも限界が訪れたらしい。

「二歳ぐらいの頃だったかな。小白《こはく》ちゃんは覚えてないだろうけど、あの人……プッツて糸が切れたみたいに限界がきてね」

当時、加瀬宮《かぜみや》がまだ二歳ぐらいだった頃。かんしゃくを起こして大声で泣いてしまった加瀬《かぜ》宮《みや》に対して――

「ぶったんだよね。小白《こはく》ちゃんのこと。拳じゃなくて平手だったけど。その時に小白《こはく》ちゃん、頭をぶつけてね。けっこー派手に血が出たんだよ」

「……そう、なんだ。覚えてないけど」

「あの時は大変だったなぁ……流石《さすが》の母親《あいつ》も顔を真っ青にして、大慌てで救急車呼んでね。ま、覚えてないならそれがいいよ」

幸いにして見た目は派手だが傷そのものは浅く、痕も残らなかったらしい。

「それが、加瀬宮《かぜみや》に対する負い目なんですか？」

「そーいうことだね。小白《こはく》ちゃんは覚えてなくても、母親《あいつ》はそれを覚えてる。ずっとね。一生忘れやしないと思う」

「………そっか」

黒音《くおん》さんが言《い》い淀《よど》むのもわかる気がした。

加瀬《かぜ》宮《みや》は自分なりに前に進もうとしている。だけど、向こうにはそれが関係ないんだ。加瀬《かぜ》宮《みや》がどれだけ前に進もうと、存在そのものが負い目なんだと言われてしまえば、本当にどうしようもない。

「……お姉ちゃんは大人だね」

「どうして？」

「お姉ちゃんがなんだかんだ言ってママを見捨て切れないのは、わかってたからでしょ？　一人で子供を二人も育てるママが、大変な思いをしてたって」

「あんなんでも一応、母親だし。そのせいで小《こ》白《はく》ちゃんをたくさん傷つけちゃったけど」

「……大丈夫。それと……お姉ちゃん。ありがと。話してくれて」

「ううん。むしろ黙っててごめんね」

車内の空気が水を含んだ布のように重くなったような気がした。

そんな空気の中、黒音《くおん》さんは口を開く。

「……母親の話はこれで終わり。これからはもう一つ、話さないといけないことがあるよね」

そう言って、黒音《くおん》さんは、ぐるりと首を捩《ね》じる。主に俺の方に。

「――小《こ》白《はく》ちゃんとのお付き合いの仕方について、とか」

「……まぁ、そうなりますよね」

そういえばSNSでこんなコメントを見たことあるな。kuonは笑顔が特に魅力的だって。

当時は特に気にもしていなかった、そのまま画面から流れていったコメントだけど……今ならそのコメントに対して、訂正を入れられそうだ。

魅力的じゃなくて、恐怖体験の間違いだって。人間の首ってあんなに捩《ね》じ曲がるっけ。

「お姉ちゃん。そういうのいいから。てかほっといてよ。いいじゃん、私が成海《なるみ》とどういう付き合い方してよーが」

「よくないよ！」

「バイト先に顔を出した時は応援してくれてたでしょ」

「付き合うまではね⁉　でも付き合ってからは話は別！　小白《こはく》ちゃんのお姉ちゃんとして、きっちり口出ししていく所存だよ！」

「だからやめてよ、そういうの。成海《なるみ》に鬱陶しがられるじゃん」

「お姉ちゃんの悲しみはどうでもいいの⁉」

「心底どーでもいい」

「どーでも、いい……⁉　しかも、心底……⁉」

愛する妹からのどーでもいい発言にショックを受ける黒音《くおん》さん。

俺に恨みのこもった目を向けてくるのはやめてほしい。あんたのことだから本当に呪われそうでひやひやするんだよ。

「うぅ……わ、わかったよぉ……あーあ……こんなにらぶらぶなんだもん。二人はもうかなり進展してるんだろーな……」

「――…………………」

進展。そう言われて頭の中に浮かぶのは、告白した後のこと。

夜の海で、互いに抱きしめ合って、キスをした。

加瀬宮《かぜみや》もあの時のことを思い出しているのだろう。繋《つな》いでいる手を互いに甘く握り返す。

「もう手を繋《つな》いでるんだろうな……そのうちキスとか……あぁっ、考えるだけで脳が壊れ――」

「えっ」

「えっ？」

隣に座る加瀬宮《かぜみや》が思わず漏らしてしまった声に、黒音《くおん》さんは反応した。

「あっ……………うん。そうだね……」

加瀬宮《かぜみや》は取り繕ったつもりなのだろう。しかし、あの夜の海のことを思い出していたせいだろう。顔を僅かに赤くして、それを見た黒音《くおん》さんの顔から表情が消えた。

「…………ほんとはどこまでしてるの？」

「…………別に。いいじゃん、そんなこと言わなくても」

「もうたくさんキスしてるんだ！　百回ぐらいしてる！　今の小白《こはく》ちゃんそういう顔して

る！」

「百回もしてないよ！　まだ告白された時に、三回以上しただけで……！」

「ア……あァァ……」

「正確な数は覚えてないけど……たくさん、私の方から、ねだったりしちゃったけど……でも、絶対に百回もしてない！」

「ぐが……ぎぃぃぃぃ……！」

「多くても二桁いくかいかないかぐらいでっ……！」

「ぎぃぁあああああああああああああああああああああ！」

あっ、壊れた。

全ての情報を漏洩《ろうえい》させる加瀬宮《かぜみや》の自爆めいた弁解に、黒音《くおん》さんは死にかけの虫みたいな悲鳴をあげてのたうちまわる。

そうか……脳が壊れた時って、こうなるんだな。人間って。

「あー……すみません。騒がしくしてしまって」

「大丈夫ですよ。妹さんが絡《から》んだ時の黒音《くおん》さんの奇行は、慣れてますから」

この運転手さんも相当に苦労しているらしい。同情してしまうな。

「やだやだやだやだやだやだやだー！　そんなのやだー！　私まだそんなの心の準備ができてないもん！　姉として認めません！　ノー！　ナッシング！　とにかくやだー！」

「お姉ちゃん」

「聞かない聞かない絶対に何も聞かない！　今すぐ帰るのやめる！」

「そろそろ、うざい」

「――――――――――――――――――」

ため息交じりに放たれた加瀬宮《かぜみやこ》小白《はく》必殺の一撃は、見事に姉の息の根を止めた。

☆

時間的にも昼食をとることにした俺たちは、加瀬宮《かぜみや》の家に向かう前に見つけたファミリーレストラン『フラワーズ』に立ち寄った。が、黒音《くおん》さんはまだメンタルが回復し切っていないのと、また虫のような悲鳴をあげてのたうちまわられると困るので、俺たちとは別行動だ。傍《そば》には運転手さん――話を訊《き》いてみるとやっぱり黒音《くおん》さんの事務所の人だったらしい――もついているし、この付近には個室のある飲食店もあるそうなので、そっちで昼食は済ませるようだ。……が、それらの理由はあくまでも表向きで、実際のところ運転手さんの方が俺たちに気を遣ってくれたのだろう。

「ごめんね。うちのお姉ちゃんが」

「いや、全然。むしろ嬉《うれ》しかったな。加瀬宮《かぜみや》と黒音《くおん》さんの、ああいうやり取りが見られて」

「なんで？　むしろ、成海《なるみ》はうざ絡《がら》みされて大変だったでしょ」

「仲のいい姉妹っぽい感じがして、よかった」

加瀬宮《かぜみや》は姉の存在に苦しみ、家族という枠組みに焦がれながらも苦しんできた。

その加瀬宮《かぜみや》が今はこうして黒音《くおん》さんと普通の姉妹として、気軽にやり取りをしている。

世界で一番愛《いと》しい人が心から願い、そして勝ち取った光景を眺めていられる。

そんなの、嬉《うれ》しいに決まっている。

「……ありがと」

隣に座る加瀬宮《かぜみや》が、全てを委ねたように寄りかかる。

いつもはテーブルを挟んで向かい合っていた俺たちは、今は二人並んで座っている。

この肩にかかる仄《ほの》かな重みが、同盟でも友達でもない、恋人の距離を実感させてくれた。

「成海《なるみ》のおかげだよ。お姉ちゃんとああやって騒いでいられるのも、ママと向き合う気持ちにさせてくれたのも」

「俺は何もしてない。黒音《くおん》さんのことだって、加瀬宮《かぜみや》は一人で立ち向かっただろ」

「だから、それが成海《なるみ》のおかげなんだって。成海《なるみ》が私をいーっぱい甘やかして、元気をくれたから。受け止めて、受け入れて、包み込んで、一緒に逃げ出してくれたから」

「だから加瀬宮《かぜみや》の力だって」

「違うよ。成海《なるみ》のおかげ」

気がつけば変なことで言い争っていることに気づいて、二人で小さく吹き出した。

「じゃ、二人のおかげってことにするか」

「うん。そーしよ」

加瀬宮《かぜみや》の声は甘い。あまりにも無防備で不安になるぐらいに。

この声も、温《ぬく》もりも、誰にも渡したくない。世界中の人々の耳を塞いで、委ね切った甘い声を独り占めしてしまいたいという欲に駆られる。

それでも、今は……。

「……大丈夫か」

「……何が？」

「母親のこと」

黒音《くおん》さんが話してくれた、加瀬宮《かぜみや》の母親が抱いている負い目。

それを知った加瀬宮《かぜみや》の心を思うと、自分の欲なんかどうでもよくなる。

「…………どうすれば、いいのかな」

加瀬宮《かぜみや》は身を委ねながら、小さく呟《つぶや》く。

「お姉ちゃんと向き合ったみたいに、ママとも向き合おうって決めたのに。もう逃げるのやめようって思って、家に帰ることにしたのに……私がいるだけで、ママは苦しいんだって。そんなの、どうすればいいのかな」

「……黒音《くおん》さんも同じことで悩んでたな」

加瀬宮小白《かぜみやこはく》にとって、加瀬宮黒音《かぜみやくおん》の存在は痛みであり苦しみだ。

だからこそ黒音《くおん》さんは己の存在を消すことにした。

家から出ることで、加瀬宮《かぜみや》から逃げることにした。

「そうだね……うん。きっとママにとっての私は、私にとってのお姉ちゃんみたいなものなんだと思う。でも、私とお姉ちゃんのとは違うよ。少なくとも私は……お姉ちゃんの存在は苦しいこともあったけど、お姉ちゃんのことは好きだった」

一瞬。何かを堪えるような間があった。

「ママは、私のことが好きじゃない」

「それは違うと思う」

加瀬宮《かぜみや》の言葉を、即座に否定する。

そんなことを言わせたくなかったし、思ってもほしくなかったから。

「本当に嫌いだったら負い目なんて感じない。きっと、好きなんだよ。加瀬宮《かぜみや》のことが」

「……なんで、そう思うの？」

「加瀬宮《かぜみや》が言ったんだろ。一人で子供を二人育てるのはきっと大変だったって。それだけ大変なこと……愛情がなかったらできないと思う」

加瀬宮《かぜみや》の母親はきっと、娘を愛していた。

根拠はない。確たる証拠もない。だけど不思議と確信はあって。

きっとこれはただの願いだ。それでも。それでも。それでも——

「……ありがと。成海《なるみ》。……ちょっとだけ、救われた」

——それでも、この願いは現実だ。俺はそう思いたい。


それから注文していたメニューが運ばれ、昼食をとって帰宅のための英気を養った。

帰宅のための英気を養うというのも変な話だが、俺たちにとってそれぐらい気力の要ることだ。特に加瀬宮《かぜみや》にとっては。

「スタンプ、これで五つ目だね」

「そうだな。これで……最後だ」

家出の終わりに合わせて五つ目のスタンプが貯《た》まるのは、区切りとしては悪くない。

「そういえば交換する景品、まだ決めてなかったよね」

「未定のままだったな。何しろ俺と一緒に集めること自体が景品って言ってくれたもんだから、考える必要もなかったわけだし」

「言うな。忘れろって言ったでしょ」

「墓に入っても覚えてるって言った」

懐《なつ》かしい。家出をしたばかりの頃にしたやり取りだ。

覚えてるに決まってる。

「心配しなくても、ちゃんと一緒のお墓だよ」

「〜〜〜っ……！　そ、それっ、い、意味、意味っ……！」

「わかって言ってるに決まってるだろ」

ああ、本当に可愛《かわ》いな。うちの彼女は。

こんなにも真っ赤な顔をして、慌てふためいて。

黒音《くおん》さんには悪いけど、やっぱり独り占めしていたい。

「け、景品っ！　景品、何貰《もら》うか決めよ！」

露骨に話題を変えられた。それすらも可愛《かわ》いと勝手に心の中で惚気《のろけ》ながら、加瀬宮《かぜみや》と一緒にスマホの画面とにらめっこする。

「色々あるな。クリアファイルとか、弁当箱とか、トートバッグとか……」

「せっかくだし二人で使えるものがいいよね。お弁当箱も、トートバッグも一つだけだし……あ、クリアファイルは五枚セットだって」

「そういうセットになってるやつ、他にもないか探してみるか」

クリアファイルが嫌というわけじゃないけど、せっかくの夏の思い出だ。

もう少しそれっぽいのがあるといいよな。

「……これとか、どうかな？」

「二個セットの……ストラップか」

加瀬宮《かぜみや》がさしたのは、花の形をしたストラップだ。

「あ、色も選べるみたいだよ」

「ほんとだ。白色と――赤色もあるな」

顔を見合わせて、笑い合って。言葉を交わさずともどの景品にするかはこの時点で決定した。

会計を済ませて獲得した五つ目のスタンプ。店員さんに画面を提示した後、景品の中から赤と白のストラップを選んで受け取った。

「加瀬宮《かぜみや》は白でいいんだよな」

店の外に出て、手に入れたばかりの白色のストラップを加瀬宮《かぜみや》に手渡す。

「……ありがと」

大切そうに白色のストラップを持つ加瀬宮《かぜみや》は、とても愛おしく、いじらしい。

これから加瀬宮《かぜみや》が立ち向かおうとしている壁は大きくて、きっと俺にできることは少ない。

それがたまらなくもどかしく、そして悔しい。

「……成海《なるみ》。お願いがあるんだけど、いい？」

「いいよ」

「まだ何も言ってないんだけど」

「加瀬宮《かぜみや》のお願いなら受けるに決まってるだろ」

「……ヘンなこと頼んできたらどうするつもりなの」

「ヘンなことって？」

「えっ？」

「聞きたいな。加瀬宮《かぜみや》が考える『ヘンなこと』」

「それは、えっと…………き、キスとか？」

「ふっ」

「な、なんで笑ってんの⁉」

「可愛《かわい》いなぁって思っただけ」

「……バカにしてる？」

「むしろ褒め寄り」

「絶対にウソ」

咄嗟《とっさ》に精一杯『ヘンなこと』を考えたのだろうと思うと、可愛《かわい》くて仕方がない。

そもそもキスしてって頼んできたら、ますます断る理由なんかないだろうに。加瀬宮《かぜみや》はそのことにも気づいていないようだ。そういうところも可愛《かわい》くて、たまらなく愛おしい。

「で、お願いがあるって言ってたよな。内容は？」

「…………………ママに会いに行く時、一緒に来てほしい」

加瀬宮《かぜみや》のお願いは、俺にとってほんの少し予想外なものだった。

「てっきり一人で会いに行くかと思ってた」

「最初はそのつもりだったんだ。でも……お姉ちゃんからママの話を聞いて……多分、私一人じゃ受け止めきれないって思ったんだ」

俯《うつむ》き、自分の体を抱きしめながら加瀬宮《かぜみや》は続ける。

「さっき、成海《なるみ》は言ってくれたでしょ？　ママは私のことが好きだって。そうかもしれない。そうだといいなって思う。でも……好きって気持ちとか、愛情とか。そういうキレイなものだけじゃなくて、辛《つら》くて苦しい気持ちもいっぱいあると思うんだ。ママと向き合うってことは、その気持ちを正面から受け止めなきゃいけない……そう思うと、一人で行くのが怖くなった」

加瀬宮《かぜみや》が自分を抱きしめるこの腕は、きっと震えを抑えるためのものだ。

「お姉ちゃんの時とは違う。お姉ちゃんは……私のことが好きって気持ちがいっぱいあった。でもママは違う。好きよりも、愛情よりも、ぶつけられる気持ちは痛いとか苦しいの方が大きい。その気持ちを独りで受け止めるのが怖いの。ごめん。ダサいよね。大見得《おおみえ》切っといて、今更になって震えてるんだもん……ほんと、私って……」

「かっこいいよ」

自然と言葉が出ていた。自然と、彼女の体を抱きしめていた。

「加瀬宮《かぜみや》はかっこいいよ。めちゃくちゃかっこいい」

少なくとも俺はまだ逃げてばかりだ。加瀬宮《かぜみや》は違う。こうやって震えながら、今まで逃げてきたものから立ち向かおうとしている。

そんなの、かっこいいに決まってる。

だから伝われ。言葉でも体でも伝えたい。伝わってくれ。

「傍《そば》にいる。支える。加瀬宮《かぜみや》がお母さんと向き合えるように。だから、何も怖がる必要なんてない。堂々とぶつかっていけばいい」

「……また逃げ出したくなったら？」

「こうやって抱きしめてでも止める」

不思議な話だ。俺は加瀬宮《かぜみや》を連れて一緒に逃げ出していた側なのに。

今度は加瀬宮《かぜみや》が逃げ出そうとした時に止めると言っているのだから。

「……私さー……お姉ちゃんに言ったでしょ？　私一人じゃ受け止めきれないかもしれない。ただ傷つくだけだったかもしれない。でも今の私には、どれだけ傷ついても支えてくれる人が……成海《なるみ》が傍《そば》にいるからって」

「言ったな」

「…………間違ってなかった。成海《なるみ》がいるならきっと、私はどんなことにも立ち向かえる」

「それは俺も同じだよ」

俺の人生に加瀬宮小白《かぜみやこはく》がいるなら。きっと、どんなことにも立ち向かえる。

昼食をとり終えた後、再び発進したワンボックスカーから見る景色は徐々に見覚えのあるものと移り変わり、やがて目的地に到着した。

見慣れた景色。見慣れた居場所。

加瀬宮《かぜみや》の、家だ。

「じゃ、私はここまでかな。頑張ってね、小白《こはく》ちゃん」

「……お姉ちゃんは来ないの？」

「私って今はもう完全に小白《こはく》ちゃんの味方だし。成海《なるみ》くんもついてるんでしょ？　三対一っていうのもね。私はそれでもいいけど、そういう追いつめ方は小白《こはく》ちゃんも望んでないでしょ？」

「うん。そうだね。できれば、ママとは私がちゃんと話したいし……」

そう言いながら、加瀬宮《かぜみや》は繋《つな》いだ手を握りなおす。

「私の言葉を届けたいから。……わかってもらえなくても」

「そっか……うん。がんばってね、小白《こはく》ちゃん」

「ありがと、お姉ちゃん。がんばってみる」

繋《つな》いだ手。温《ぬく》もりを感じ、俺たちは共に一歩を踏み出した。

☆

――ごめん、成海《なるみ》。私…………………………家出、しちゃった。


あの日、私は家から逃げ出した。

そして私は今、あの日逃げ出した道を、逆にたどって歩いている。


――……ママはそれでいいの？

――あなたが黒音《くおん》に迷惑さえかけなければ問題ないわ。

――……私、本当に出て行くよ。

――出て行けるものなら出て行ってみなさい。……どうせすぐに泣きつくことになるでしょうけど。

――…………………っ！


今思えば、あのやり取りは構ってほしい、ワガママな子供そのものだ。

思い出すだけで情けなくて恥ずかしくて、薄っぺらくて。

正直に言えば今すぐにでも逃げ出したい。

でも、そんなみっともない、私ですら認められない私を全部受け止めてくれる人がいる。

だから私は、この道を選ぶ勇気が持てた。

家出したこの家に、何度も逃げ出したこの家に、帰ってくることにした。

世界で一番大切な人と一緒に。

「何かあったらすぐに言えよ」

「……何かって？」

「彼氏の腕の中で泣きたい時とか」

「言ってろばか」

「────……」

きっとすぐに泣きたくなる。この腕の中で。

息を吸って、吐いて、気持ちを整えて。鍵を開けて、扉を開けて。

私は、逃げ出した家に帰宅した。

「…………………………」

電気のついていない薄暗い廊下を二人で歩く。

一歩ずつ踏みしめる度に心臓の鼓動が跳ね上がる。

リビングの明かりはついていた。一呼吸おいて扉を開き、中へと入る。

「…………ただいま」

リビングから聞こえてくるのは打鍵音。

他には一切目もくれず、ひたすらタブレットの画面と向き合っているのは、私のママだ。

「…………ママ。私、帰ってきたよ」

「――――……」

ママは何も答えない。タブレットの画面から視線を外さない。

私はそれ以上、特に声をかけることはなかった。しんぼう強く待っていて、その間はずっと成海《なるみ》の手を握っていた。部屋の冷房は十分に効いていて、体はもう外で浴びた熱が冷めていたけれど、手だけは熱を保っていた。

「……黒音《くおん》が家に居るように頼んできたのは、こういうことだったのね」

私がてこでも動かないことを悟ったのだろう。

ママは冷たい声音で言葉を切り出した。それでも画面を見つめたまま。機械的な打鍵音のリズムは、未《いま》だ止まることはない。私の顔すら見てくれない。

「それで？　何をしに帰ってきたの？　あなたはこの家を出ていったんじゃなかったのかしら」

「…………ごめんなさい」

「やっぱり泣きついてきたのね。私の言った通りに。くだらない家出ごっこは十分に楽しんだのだから、あとは家で大人しくしていなさい。迷惑だから」

「謝ったのは、家出のことじゃないよ」

「ああ、そう。次はどんな言い訳がくるのかしら」

「私が、勝手にママを恨んでたこと」

「――――」

キーボードを打つ手が、止まった。

「私、ずっとママを恨んでた。自分が上手《うま》くいかないことも、自分に才能がないのも、ママのせいにしてた。でも……それは、私が弱いから。自分の弱さを受け入れられなくて、いつも誰かのせいにしてた。ママが私たちを育てるのに、どれだけ大変だったかも知らないで……」

ママは何も言わない。私と目も合わせてくれない。それでも、いい。

私にできることは謝ることだけだから。

「アルバイトをして、お給料をもらって……家族を養って子供を育てるだけのお金を稼ぐのがどれだけ凄《すご》いことかも、ちょっとだけわかった。それを知ることができたのは今、私の隣にいる人の……成海《なるみ》のおかげ。私には成海《なるみ》がいたし、成海《なるみ》に支えてもらった。でも、ママはそうすることができなかったんだよね。一人で、頼れる人もいなくて……それでも私たちを育ててくれたんだって。それなのに私は、ずっとママを恨んでた」

もし成海《なるみ》がいなかったら、傍《そば》で支えてくれなかったら、私はすぐに帰ってきて、泣きついてたと思う。それで、また全部ママのせいにして恨んでたと思う。そうならなかったのはきっと、とても幸運で、恵まれていることなんだ。

「だから……ごめんなさい。何も知らず恨んでごめんなさい。これからは、自分の弱さにも向き合う。ママとも向き合う。嫌なことがあっても、ちゃんと喧嘩《けんか》したい」

「黙りなさい」

仄《ほの》かに熱を孕《はら》んだ怒りが、空気を這《は》った。

「心にもないことを言わないでちょうだい。黒音《くおん》から聞いたんでしょう、私のことを。あなたに、手をあげたことを……本当は私のことを恨んでるはずよ。憎んでるはずよ。許せないはずよ。それなのに、謝罪ですって？　白々しい……！」

「そうだよ。恨んでたよ。傷ついてたよ。でも……今は、前よりは恨んでない」

「そういう嘘《うそ》をやめなさいと言ってるの！」

テーブルを拳で強く叩《たた》く音がした。

身体《からだ》が強張《こわば》って、言葉が上手《うま》く紡《つむ》げない。

「――――っ」

身体《からだ》に走りかけた震えを止めるように、成海《なるみ》はほんの少し手を強く握りなおしてくれた。

そのおかげで……震えが、止まった。口も動く。まだ、立ち向かえる。

「恨みがないとは言わない。でも、それ以上にありがとうって気持ちの方が大きい。ごめんなさいって、謝りたい気持ちの方がずっと大きい。それが今の私の気持ちだよ」

「嘘《うそ》よ。嘘《うそ》。嘘嘘嘘嘘《うそうそうそうそ》！　嘘《うそ》に決まってる！」

信じてくれない。ママは、私の顔すら見てくれない。

それでも。それでも……！

「信じてよ。私の顔を見てよ、ママ。私の目を見て。私を見て。今だけでいいから……！」

「………嫌よ」

ママから絞り出されたのは、拒絶の言葉。

「嫌よ……絶対に嫌……。なんでかわかる？　私はね、あなたが嫌いなの」

「………知ってる」

「いいえ、知らないわ」

何度も繰り返す。手を伸ばしても、返されるのは拒絶の一辺倒。

「あなたの顔を見る度に責められている気分になるの。あなたの顔を見る度に、真っ赤な血を思い出すの。あなたを見る度に、自分の過《あやま》ちを思い知らされるの……！」

ママは手で耳を塞ぐ。外界の声や音の一切を拒む。

それは……周りの世界を拒絶していた、教室での私そっくりだった。

「あんたなんか、産まなきゃよかった！　黒音《くおん》だけでよかった！　そうすれば、私の世界は完璧だったのに！」

部屋に冷たい静寂が満ちた。

僅かに聞こえてくるのは、空気を欲《ほっ》して浅く呼吸を繰り返す、ママの声だけ。

「…………うん。なんとなくそうかなって、思ってた」

繋《つな》がれた手の温《ぬく》もりを頼りに意識を繋《つな》ぎとめる。

きっと一人だったら、もう目の前が真っ暗になっていた。

でも、まだ立てる。私はまだ言葉を届けられる。

闇の中でも照らしてくれる紅《あか》い光が、熱が、私を支えてくれるから。

「それでも認めたくなかった。認めたら、本当に居場所がなくなるから…………でも。もう逃げないよ。この事実を受け入れる」

息を吐く。呼吸を整える。

一拍の間。

これから吐き出す言葉は、儀式だ。私が現実を受け入れるための、儀式。

「ママは、私のことが嫌いだった。私の存在が……ずっとママを傷つけてた」

――――ただの、辛《つら》い現実の再確認。

「そうよ……そうよ！　何度でも言ってやるわ！　あんたを見ているだけで、その目を見ているだけで、責められてるような気分になるの！　だから消えて！　私の視界から！　私の完璧な世界から！」

お姉ちゃんからママの話を聞いた時から、こう言われることはわかっていた。

頭のどこかではとか、そういう曖昧な部分じゃない。

私がママの立場で、傍《そば》に成海《なるみ》がいなかったら、同じことを言ってしまっていたと思うから。

「………私ね。頭ではわかってたけど、ここに来るギリギリまで願ってたんだ。ママと、お姉ちゃんと、私。ここからちゃんとした家族として、一緒に居られたら良《い》いなって」

願ってた。願って、いた。

「でも………やっぱり無理なんだね。今はまだ」

泣くな。わかってたことだ。

だから今日、私は謝りに来たんだ。

せめて今までの分を謝ろうって、そう思ったから、帰ることを選んだ。

――そう。帰ることを選んだ。

傷も痛みも負うことを知った上で。

「それでも……ダメかな？　私、この家にいちゃダメかな？」

意志と、覚悟と――

「今まで居心地が悪くて、勝手に逃げてたのに、都合がよすぎるのはわかってる。ごめんなさい。それでも、今は、この家に帰ってきたいの」

――どんなにみっともなくても、抗《あらが》うという決意を携えた上で、ここにいる。

「家族のこと、ずっと面倒だなって思ってた。いっそ忘れられたら楽になれるのにって。でも……やっぱり、忘れられなかった。お姉ちゃんのことも、ママのことも、ずっと心の片隅で考えてた。消えてくれなかった。家族って、厄介だよね」

いつか、成海《なるみ》とも話したっけ。ああ、本当に家族って厄介だ。

ここまで嫌われていても私の心を放してくれない。

人生の始まりから必ず存在する、繋《つな》がり。

「今は嫌いでもいいの。それでも、いつか……私のこと、好きになってほしいから」

だって私は覚えてない。ママにぶたれた記憶なんてない。

それでも、覚えてることはたくさんある。

ママは私に期待してくれた時もあった。迷子にならないように手を繋《つな》いで歩いてくれた。ワガママを言ってしまっても、たまに根負けしておもちゃを買ってくれた時もあった。誕生日だって忘れられたことはなかった。

痛みも苦しみも負わされたけど、それだけじゃなかった。

成海《なるみ》が一緒に逃げ出してくれたから、逃げた先で色々な幸せを知れたから、目を背けていた幸せを思い出させてくれたから。

ママからもらったものは、痛みだけじゃないってことに気づけた。

だから。だから。だから――……！

「いいわよ……好きに、居なさい」

「ママ……！」

「……私が、出ていくから」

それが、ママが私に向けた最後の言葉だった。

荷物を乱雑に鞄《かばん》に詰め込んだママは、リビングから立ち去っていく。

家から出ていこうとする。

あの日と……私が家出した時とは、真逆だ。

「ママ、ねぇ……こっち、見てよ。私のこと、見てよ」

「…………」

ママは何も答えてくれない。何も言わない。

私と目を合わせることもなく、家を出ていく。

最初から最後まで、私の顔も見てくれなくて。目も合わせてくれなくて。

扉が、閉じた。

「──────……」

声が出ない。足が動かない。伸ばした手は、何も掴《つか》めない。

「……そっか。終わったんだ」

だめだった。お姉ちゃんの時みたいに、もしかしたらって、思ってたんだけど。

「まだ終わってない」

「成海《なるみ》……」

隣で手を握ってくれていたはずの成海《なるみ》が、いつの間にか正面にいた。

「無理だよ……見てたでしょ？　ママは……逃げちゃったもん。この家からも、私からも……逃げることを選んだ。だからもう……」

「俺たちだって逃げてただろ」

「それは……今までしてきたことが、自分に返ってきただけって、言いたいわけ？」

「違うよ。俺たちは逃げたからこそ、友達になれたし、恋人にもなれた。加瀬宮《かぜみや》が家族と向き合おうって思えたのも、一度は逃げ出したからだろ？　逃げた先にも、何かがあるんだ」

「あ………」

「今はダメだったのかもしれない。今は終わったのかもしれない。加瀬宮《かぜみや》の母親は、加瀬宮《かぜみや》から逃げ出したのかもしれない。でも、あの人だって逃げた先で何かが変わるかもしれない。俺たちみたいに」

そうだ。私は逃げていた。

――――俺は家族から逃げた。でも、逃げた先で、加瀬宮《かぜみや》と友達になれた。こうやって放課後に映画を観《み》て、楽しんで、ファミレスで愚痴りながら飯食って……こんなにも居心地《いごこち》の良い時間を過ごすことができてる。

――――それって、良《い》いことなの？

――――俺にとっては良いことだ。まだお前と友達になって数日ぐらいだけど……ファミレスで加瀬宮《かぜみや》と過ごす時間は、けっこう好きだぞ。

逃げた先で、成海《なるみ》と出会った。大切な人ができた。恋に落ちた。

――――俺は逃げてよかったと思ってる。加瀬宮《かぜみや》はどうだ？

――――……私も、同じ。

そうだ。そうだった。

「俺たちにとって、逃げ出すことは終わりじゃない。お前が望んだ『いつか』は、完全に消えたわけじゃないんだ」

「…………うん」

「だから、走れ。加瀬宮《かぜみや》。まだ間に合ううちに、伝えたいことを伝えに行こう」

「うんっ……！」

不思議だ。体中を熱が駆け巡る。

走るための気力がわいてくる。

紅《あか》い紅《あか》い、真っ赤な力が、私の体の中を満たしていく。

「────ママっ！」

成海《なるみ》と一緒に外に飛び出して、遠ざかっている背中に向けて声を張り上げた。

「私、待ってるから！　この家で、ずっと……ママが帰ってくるの、待ってるから！」

返事はなかった。

顔も合わせてはくれなかった。

だけどその背中は一瞬だけ立ち止まって────それでも歩みを進めて、逃げ出した。

私はその背中が消えるまでずっとずっと見送っていた。

「……成海《なるみ》。ありがと」

「……頑張ったのは加瀬宮《かぜみや》だろ。俺は見てただけだ」

「ほんと、成海《なるみ》って嘘《うそ》つき……」

支えてくれたくせに。追いかけるための力をくれたくせに。

成海《なるみ》がいなかったらきっと、全部を諦めてた。

「……嘘《うそ》つき、だけどさ。あの言葉は、嘘《うそ》じゃないよね？」

「あの言葉って？」

「何かあったらすぐに言えよ、ってやつ……」

「……嘘《うそ》じゃないよ」

よかった。嘘《うそ》じゃないとは思ってたけど、それでも、よかった。

だって今は、とても……。

「彼氏の腕の中で泣きたいんだけど、いいかな……？」

返事の代わりに、成海《なるみ》は黙って私を抱きしめてくれた。

私は彼氏の腕の中で、堪えていた涙と嗚咽《おえつ》をたくさん零《こぼ》した。

目の前を、無数の人々が流れてゆく。時折視界を鮮やかな色が掠《かす》めるのは、浴衣《ゆかた》に身を包んでいる人が多いからだろう。

こうやって駅の近くを集合場所にしていると、ファミレスの店内で耳にする喧騒《けんそう》よりも、どこか浮かれたような会話が耳に入ってくる。それは店内と外という違いだけではなく、近くで夏祭りが行われていることも大きいのだろう。

「成海《なるみ》」

喧騒《けんそう》の中でも、加瀬《かぜ》宮《みや》の声ははっきりと聞こえてきた。

その姿を視界に収めて、一瞬だけ呼吸を忘れる。

白をベースとした、淡い蒼《あお》の柄が入った浴衣《ゆかた》。

髪は花のアクセサリーでサイドアップにしている。

さっきまでの喧騒《けんそう》が一切耳に入らなくなって、世界から音が消えたような。

少なくとも俺の心は、目の前にいる加瀬《かぜ》宮小《みやこ》白《はく》でいっぱいになった。

「成海《なるみ》？　どうしたの？」

俺が何も言わないから不安になったのだろうか。

加瀬宮《かぜみや》は自分の浴衣《ゆかた》を見直したり、髪を気にしたりしている。

「見惚《みと》れてた」

「えっ」

素直に、感想を口にする。むしろここまで見惚《みと》れてしまっていたことが少しばかり恥ずかしいので、白状という表現も正しい気がしているけれど。

「あまりにも、綺麗《きれい》だったから。ごめん。感想言うのが遅くなって」

「…………っ。そう、なんだ……嬉《うれ》しい。ありがと」

はにかむ加瀬宮《かぜみや》はこの世の何よりも綺麗《きれい》で、輝いている。

そんな気持ちが自然と胸の中に浮かんできた。

「じゃあ、いくか。夏祭り」

「うん」

どちらからともなく手を繋《つな》ぐ。息をするように指を絡《から》める。

周囲の人とぶつからないように。だけどそれ以上に、二人でいたいから。

それから歩き始めて、しばらくはお互いに無言だった。

手に感じる熱を、隣を歩く大切な人の存在を、感じていたかったからだと思う。

「成海《なるみ》、なんか奢《おご》ってあげよっか」

「それは俺のセリフなんだけど」

「家出の時に色々お金、出してもらったし」

「あれは俺のじゃないしなぁ……そもそも加瀬宮《かぜみや》、お金は残ってるのか？　バイト代は黒音《くおん》さんのプレゼントに使ったたって言ってたよな」

「夏祭りで遊ぶぐらいのお金は残ってるよ。それにバイト代も弾んでもらった分、ゆとりもできたしね。だから心配しないで」

心配しないで、と言われても。

これは加瀬宮《かぜみや》に限った話でもなく、仮に相手が夏樹《なつき》だったとしてもそうなんだけど、一方的に奢《おご》るのはよくても奢《おご》ってもらうのは気が引ける。

「んー……じゃあ、お互いに一個ずつ奢《おご》り合うっていうのはどうだ」

「それ意味なくない？」

「俺だって加瀬宮《かぜみや》に何かあげたいし」

「またそうやって甘やかす。これ私が言わなかったら一方的に奢《おご》られてたやつじゃん」

「加瀬宮《かぜみや》はどれだけ甘やかしても足りないんだよ」

それから二人で屋台を回りながら、俺たちはお互いに向けてりんご飴《あめ》を一つずつ買った。

「結局、二人で同じの買っちゃったね」

「屋台はどこも並びそうだしなぁ。同じ店で買った方が時間的には効率いいし」

「成海《なるみ》ってそんなに効率とか気にしてたっけ」

「普段はあんまりしないけど今は別。加瀬宮《かぜみや》と過ごせる夏祭りなんだから」

この時間は俺にとって一分一秒すらも大切だ。

「大切にしたいんだ。加瀬宮《かぜみや》との時間」

「ふーん……そう」

傍《はた》から見ればそっけない反応なのだろう。

だけど、俺から顔を逸《そ》らす加瀬宮《かぜみや》の耳は仄《ほの》かに赤い。

「――――っ」

そんな彼女の愛らしい仕草に、不意にドキッとさせられた。

今日の加瀬宮《かぜみや》は髪をサイドアップにしているので、この角度だと普段は隠れている白いうなじが露《あら》わになっている。

控えめに言って、目に毒だ。

今すぐにでも上着をかけて、誰の目にも入らないようにしたい。

「成海《なるみ》？　なんか顔、赤いけど……もしかして熱でもある？」

「ねぇよ。大丈夫だ。これは、まあ、一過性のものだから」

そんな無垢《むく》な顔して小首を傾《かし》げないでほしい。

人目をはばからず抱きしめたくなる。

それから顔の熱を冷ましながら、

「……夏祭り、懐《なつ》かしいな」

「前にも来たことあるのか？」

「ママと、お姉ちゃんと、一緒に。家族三人で」

立ち並ぶ屋台を眺めながら、加瀬宮《かぜみや》は追憶する。

家族三人で過ごした、遥《はる》か過去の日々を。

「前に来た時も浴衣《ゆかた》を着てたんだ。ママが仕事先の人に譲ってもらったやつでね。今日のはお姉ちゃんが着付けとかしてくれたんだけど、子供の頃はママが着せてくれたの」

「……愛されてたんだな」

「うん……私、きっと愛されてた」

母親が家を出て行ってしまった、あの日。

加瀬宮《かぜみや》は俺の腕の中で泣いていた。

それはきっと、母親が自分から逃げたことが悲しくて。

自分は母親の世界に不要な人間だと、拒絶されたことが悲しくて。

そして自分が母親を追いつめてしまったことが、何よりも悲しかったんだ。

「あの時……家で、ママと話した時。ママは、ずっと自分のことを責めてた。私に恨まれてるって思い込んで、私がもうあんまり恨んでないよって言っても、信じなくて」

「本当に加瀬宮《かぜみや》のことが嫌いなら、そんな風に自分を責めないよ」

あの人が加瀬宮《かぜみや》に抱えているのは負い目。

負い目とは、罪悪感があるから生じるものだ。

加瀬宮《かぜみや》の母親は完璧主義者だったり潔癖なところはあるんだろうけど、だからって加瀬宮《かぜみや》のことを本気で拭えない人生の汚点だとは思っていない。

ただ、怖いだけだ。自分に向き合うことが。

娘や、家族と向き合うことが。

「かけがえのない命だって理解してるからこそ、向き合うことを恐れてるんだと思う」

「私もそう思う……そう思いたい」

だから逃げ出した。見たくないものから目を背けた。

それが理解できてしまうのは……俺も同じだからだろうな。

「……母親は、まだ帰ってこないのか？」

「そうだね。まだ帰ってきてない。一応、仕事は続けてるから、お姉ちゃん経由でたまに様子は聞いたりするけど」

あれから既に数日が経《た》ったが、どうやらまだ加瀬宮《かぜみや》の母親は家に帰ってきていないらしい。

「……会いにいきたくならないのか？」

「会いたいよ。でも今、私が会いにいっても、きっとママが傷つくだけだから」

そう言う加瀬宮《かぜみや》には、寂しさと悲しみが滲《にじ》んでいた。

だけど、それでも、希望を胸に抱えて、前に進もうとしている。

その強さはとても眩《まぶ》しく、同時にたまらなく愛おしい。

「私が逃げた先で成海《なるみ》と出会って変われたように。ママも逃げ出した先で、何かが変わるかもしれない。だからそれまで、待ち続けるよ」

「……じゃあ、早く家に戻らないとな。母親を待つためにも」

「そうだね。もうすぐ花火大会も始まるし。うん。これで『浴衣《ゆかた》を着ながら夏祭りの屋台をまわる』は達成ってことで」

あの家出の一件で夏休みのご褒美《ほうび》リストに記載されていた物の大半は消化していたものの、未達成の中でも『浴衣《ゆかた》を着ながら夏祭りの屋台をまわる』だけはどうしても果たしておきたい、という俺と加瀬宮《かぜみや》のお互いの希望が合致したということで、今日はこうして一緒に夏祭りに繰り出していた。

今日は夏祭りに合わせて花火大会も行われる予定なのだが、ちょうど加瀬宮《かぜみや》の家のベランダからは花火が良く見えるということで、今日は夏祭りの屋台を楽しんだ後に俺も加瀬宮《かぜみや》家にお邪魔させてもらうことになったのだ。

場所取りも特にしてないし、混雑して窮屈な場所で見るぐらいなら、こっちの方がいいと二人で決めた。

「浴衣《ゆかた》の着付けは黒音《くおん》さんにしてもらったってことは、家にいるんだよな？」

「今日は午後からオフなんだって。ほんとはお仕事が入ってたんだけど、現場の都合でバラシが入った……って、新品の浴衣《ゆかた》を二十着ぐらい持って帰ってきた時に、そんなこと言ってた」

「あー……うきうきしてる顔が目に浮かぶわ。むしろよくついてこなかったな」

「私もそれを心配してたんだけど、お姉ちゃんの方から血の涙を流しながら気遣ってくれたよ」

……あの人のことだから、比喩でも何でもなく血の涙を流してそうで怖いんだよなぁ。

「でも、花火大会は一緒に見るって。ごめんね」

「謝ることじゃない。むしろ良《い》いことだろ？　加瀬宮《かぜみや》がお姉さんと仲良くやってるってことなんだから」

俺とは大違いだ。

そんな話をしているうちに、あっという間に加瀬宮《かぜみや》家があるマンションまで着いた。

最上階までエレベーターで昇り、今は黒音《くおん》さんと二人暮らしになっているであろう家にお邪魔させてもらう。さぞかし花火の眺めが良《い》いことだろう。

「ただいま、お姉ちゃん」

「お邪魔します」

ただいま、と、お邪魔します、というそれぞれ家主と客人という異なる立場の言葉を挟みつつ、加瀬宮《かぜみや》の家に入る。

「お姉ちゃん？　あれ……いない」

……が、家の中に黒音《くおん》さんの姿はなかった。

「買い物にでも行ってるのかな？」

「だったら、そのうち戻ってくるかもな」

「うーん……そうかもね。もしかしたら、ジュースとか買いに行ってくれてるのかも」

もぬけの殻となっている室内に二人して首をひねっていると――

「あ…………」

何かを打ち上げるような音。少し遅れて、何かが爆《は》ぜるような音が聞こえてきて。

加瀬宮《かぜみや》と二人でベランダに出てみると、夜空には光の花々が咲き乱れていた。

「花火、始まっちゃった」

眩《まばゆ》い夜空を見上げながらポツリと呟《つぶや》いた加瀬宮《かぜみや》。同時に、彼女のスマホに通知が入る。

「もしかして黒音《くおん》さんか？」

「そうみたい。えっと……」

黒音《くおん》さんから入ったメッセの文面を目で追っていく加瀬宮《かぜみや》。

「…………」

「黒音《くおん》さんは、なんて？　遅れるとか？」

「……現場の方でトラブルがあって、スケジュールがズレて……急なお仕事が入ったって」

加瀬宮《かぜみや》の声はどこかぎこちない。

もしかすると、黒音《くおん》さんとの花火大会を楽しみにしてたのかもしれないな。

「仕事か。残念だったな」

「…………」

加瀬宮《かぜみや》は無言のまま、スマホの電源を切った。

「……成海《なるみ》」

「ん？」

「お姉ちゃん……明日の夜まで、帰れないんだって」

「？　そうか」

花火が爆《は》ぜる音が、響く。

さっきよりも強く。鮮明に、言葉に遮られることもなく、音が体の中に入ってくる。

「だから、今日……家には、誰もいないよ？」

遠くで爆《は》ぜる花の光が、加瀬宮小白《かぜみやこはく》の顔を照らす。

不安げに、だけど勇気を振り絞ったように揺れる瞳。

上目遣いで向けられたそれから、俺は目を逸《そ》らすことができなかった。

「…………っ……」

触れようとして。でも、触れることができなかった。

加瀬宮小白《かぜみやこはく》という存在が、今の俺には眩《まぶ》し過ぎた。

家族から逃げることを止めて、立ち向かった目の前の女の子が、誰よりも眩《まぶ》しく見える。

俺がいつものように逃げ出している間に、加瀬宮《かぜみや》はずいぶん遠くに行ってしまった気がする。

手を伸ばしても触れられないぐらい遠くに。

「……俺はまだ逃げてる最中だ」

仮に手が届いたとして、触れることすら躊躇《ためら》われる。

逃げ出すことしかできない俺が触れてしまえば、この光も消えてしまうのではないか。

そんな考えが頭の中でぐるぐると回っている。

「家族と向き合った加瀬宮《かぜみや》とは、違う」

今まで、俺たちは一緒だった。同じだった。

同じ逃げている者同士。

でも今は違う。俺と加瀬宮《かぜみや》は、違う人間になった。

「…………それでも、いいか？」

隣で一緒に逃げてくれた子はもういない。

真っ暗な闇の中を落ちていくだけの俺とは違う。加瀬宮《かぜみや》は、眩《まぶ》しいぐらいに輝く光になった。

俺と加瀬宮《かぜみや》は釣り合っていない。

それぐらいはわかってる。それでも――この光に手を伸ばしたい。触れたい。

もう、離したくない。誰にも渡したくない。独り占めしていたい。

「成海《なるみ》がいい」

そんな俺の心を見透かしたように、加瀬宮《かぜみや》は言う。

「成海《なるみ》以外、考えられない」

それ以降、二人で花火を見ることはなかった。

加瀬宮小白《かぜみやこはく》には成海紅太《なるみこうた》だけを見てほしかった。

成海紅太《なるみこうた》も加瀬宮小白《かぜみやこはく》だけを見ていたかった。

だから。

加瀬宮《かぜみや》を腕の中に抱き寄せて、そこからはお互いの瞳に吸い込まれて、唇を塞ぎ合った。

それからの時間――俺たちは、互いの姿だけを見ていた。

せっかくの花火も、最初以外全く見ることができなかった。

せっかくの浴衣《ゆかた》も、崩してしまった。

せっかくの髪型も、解いてしまった。

加瀬宮《かぜみやこ》小白《はく》以外に、何も目に入らなかった。何も目に入れたくなかった。

それは花火が終わってからも、夏祭りが終わってからも、人々の喧騒《けんそう》が消えても続いた。

白い肌にたくさんの紅《あか》い花火を咲かせた。

手を握り合って離さなかった。

まだ不安だったのかもしれない。離れてしまわないようにしたかったのかもしれない。

「小白《こはく》」

名前を口にした。今この時だけでもいいから、加瀬宮《かぜみやこ》小白《はく》という光を独占するために。

「……紅太《こうた》」

返すように呼ばれた名前。

「だいじょうぶ……私は、ここにいるから」

甘く囀《さえず》るような声。

それに、安心して。安心した自分に嫌気がさして。

包み込む手に。腕に。肌に。唇に。加瀬宮《かぜみやこ》小白《はく》に――ひたすら溺れた。

夜に静寂が戻り、しばらく経《た》った頃――。

俺たちはお互いに身を寄せ合って、同じ温《ぬく》もりに包まれていた。

「ごめん。無理、させた」

「いいよ。痛い以上に幸せで、幸せ以上に、嬉《うれ》しかったから」

「嬉《うれ》しい？」

「私、いつも紅太《こうた》に甘えさせてもらってばかりだから。紅太《こうた》が甘えてきてくれて嬉《うれ》しかった」

「……普段から小白《こはく》に甘えてるつもりだし、みっともないとこもたくさん見せてると思うけど」

「それ以上にかっこいいとこばっかり見せてくるし。いつも余裕がある感じがして……悔しかったんだよ。もっともっと甘えてきてほしいって思ったし、私に寄りかかってほしいって、ずっと思ってた。だから……ね。本当に嬉《うれ》しかったよ。正直、きゅんってきた。さっきまでの、余裕のない紅太《こうた》とか。私に夢中になってくれた紅太《こうた》とか」

「改めて言われるとすげぇ恥ずかしいんだけど」

「こんなに痕をつけておいて今更なに言ってんの」

「それはお互い様だろ。たくさんつけてきたのも、余裕なかったのも」

「……そんなことないし。私の方が余裕あったし」

「必死にしがみついてきたのも、ねだってきたのも、小白《こはく》の方だろ」

「知らない知らない。そんなの知らない」

そんなことを言いながら肌を寄せて顔を埋めてくる小白《こはく》が、たまらなく愛おしい。

「……あ。ストラップ、スマホケースにつけたんだ」

小白《こはく》の目に映っているのは、ベッドの傍《そば》に置いてある俺のスマホ。

そのケースについているのは、俺たちが家出をした証《あかし》。

集めたスタンプで交換した、紅《あか》いストラップ。

「ん。ここが一番いいかなって思って。小白《こはく》は？」

「私もスマホにつけてる。やっぱりここが一番いいかなって」

小白《こはく》も、同じようにベッドの傍《そば》に置いていたスマホを手に取る。そのスマホケースには、白い花のストラップが揺れていた。

「……紅太《こうた》。ストラップ、交換しない？」

「交換？　それはいいけど……」

「お互いの色、持っとくの。そうすれば紅太《こうた》も少しは不安が薄れるでしょ？」

「悔しいって言ってた小白《こはく》の気持ちが、わかった気がするなぁ……」

この夏の家出で、小白《こはく》の世界は広がった。成長して、俺よりもずっと先の場所にいる。

それがたまらなく悔しい。こうやって甘えさせてもらうことしかできない状況が。

「やっと理解してくれたね」

ストラップをスマホケースから外して、交換する。

小白《こはく》には、こっちの気持ちはもう完全に理解されてるような感じだ。

実際、俺の方が遅れてる。……きっと、この先も。一緒でいるためには、並び立つためには、俺もこの道を追いかけていかなきゃいけないんだ。

「……紅太《こうた》はさ。まだ、間に合うよ」

同じベッドの上で横になりながら、いつもよりずっと近い距離で、小白《こはく》は言う。

「私の家族はもうだめだった。みんなが別々の方を向いていて、みんなが逃げ出していて……向き合うには遅くて。だから、最後には壊れちゃった」

小白《こはく》の母親は家を出て行ってしまった。三人だった家族が欠けて、二人になってしまった。

「でも、紅太《こうた》の家はまだ間に合う。それは……わかってるんでしょ？」

「……わかってる」

手を握る。指を絡《から》める。肌を寄せ合って、お互いの熱を一つにする。

「私ね。紅太《こうた》が逃げたいなら、それでもいいと思ってるんだ。でもね……こうも思うの。いつか、紅太《こうた》の家族が壊れちゃった時……紅太《こうた》はきっと、自分を責めるって」

「……………否定は、できないな」

仮に。いつか、家族が壊れてしまったとしたら。

それは間違いなく俺の責任だろう。俺が逃げ続けていたことが原因だろう。

「紅太《こうた》には自分を責めてほしくないから。私みたいな思いは、してほしくないから……」

小白《こはく》は自分を責めている。自分がもっと早くに家族と向き合っていたら、結果は違っていたのかもしれないと。

それなのにこうして、俺の背中を押してくれている。

「……………ほんと、かっこいいな。俺の彼女は」

「可愛《かわい》いじゃなくて？」

「今のはかっこいいとこ」

「悪い気分はしないかな」

満足そうに笑う小白《こはく》。その頭を撫《な》でると、気持ちよさそうに目を細めた。

「……俺はずっと家や家族から逃げてきた。それでいいって思ってた。小白《こはく》と出会ってから、逃げることが心地良くなってた。ずっと、永遠に、いつまでも。小白《こはく》と逃げていたかった」

ぽつ、ぽつ、と。自分の心の中の言葉をすくっていく。

「でも………いつの間にか、変わってた。小白《こはく》と逃げることよりも、小白《こはく》と一緒に居る時間の方が、ずっと大切になってたんだ」

この夏の家出で感じたこと。いつの間にか変化していた自分の心を、言葉にしていく。

「居心地の悪い家も、家族のことも、前の父親のことも……全部、痛くて、向き合うのも辛《つら》い。逃げ出してしまえば、傷つかずに済む。でも……俺は、傷ついてでも、小白《こはく》と一緒に居たい」

今はもう、小白《こはく》はずっと遠くに行ってしまった。

こんなにも近くにいるのに。腕の中にいるのに。

俺と小白《こはく》の距離は遠い。

「小白《こはく》の隣に並べないことの方が、ずっと痛くて、苦しいんだ」

追いつきたい。

俺を追い越して、遠くに行ってしまった女の子に、追いつきたい。隣を歩きたい。

これからも。ずっと。一生。永遠に。

「俺も、逃げてたものと向き合ってみるよ。小白《こはく》と一緒にいたいから……怒られそうだけど」

「なんで？」

「可愛《かわい》い彼女と一緒にいたいから手のひら返して向き合います、だぞ」

「あー……それは確かに。いっそ、開き直っちゃえば？」

「そのつもり」

「紅太《こうた》の得意技だもんね」

「まあな」

我ながら都合の良《い》い理由だ。でも、いいんだ。理由でもなければ向き合おうなんて気持ちはきっと、出てこなかっただろうから。

「んー……じゃあ、今日はお泊まり、できそうにないね」

「だな。……まあ、帰るよ。家に。そこから始めてみる」

「えらいえらい」

朝まで一緒にいたいのが本音だけど。

「朝まで一緒は無理だけど……お風呂《ふろ》は一緒に入る？」

疑問形だけど、その眼差《まなざ》しはねだるようで。

「入る。けど……覚悟はしとけよ」

「……うん。覚悟は、してます」

それからまた、何度目かもわからなくなったキスをして。

二人で一緒に汗をかいて、汗を流して。

小白《こはく》の家から出たのは、予定よりもずっと遅い時間になった。

エピローグ②　八月三十一日

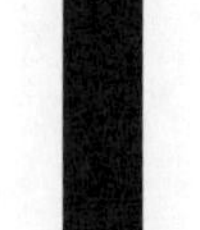

八月三十一日。

高校二年生の夏休みという一生に一度の一大イベント、その最終日の夜。

俺は家の自室でメッセージアプリを起動し、スピーカーモードにして通話をかけた。その相手は勿論《もちろん》、加瀬宮《かぜみや》小白《はく》だ。

「こんばんは——小白《こはく》」

『三十秒の遅刻だね。紅太《こうた》』

「いきなり細かいな」

『だって私、五分前から待機してたし。紅太《こうた》は時間になった瞬間にかけてくるって思ってたし』

「次から気をつけるよ……で、そっちの調子はどうだ？　黒音《くおん》さんとの新生活は」

『んー……まあ、ぼちぼち？　お姉ちゃんは相変わらず忙しい……っていうか、最近ますます忙しくなってきてるし。あ、でも家に帰ってくる頻度は増えたかな。今までは私に配慮してあんまり家に帰ってこなかったりしてたみたいだから』

「最近ますます忙しくなってるのと家に帰ってくる頻度が増えたって、矛盾してないか？」

『それは私も思ったんだけど、お姉ちゃんは「姉パワー」って言ってた』

「黒音《くおん》さんらしいっちゃらしいな」

あの人は色々と規格外のパワーを小白《こはく》からの逃避に費やしていただけで、それさえ除けばもうただのシスコンだ。……『ただの』かどうかは検討の余地があるけど。

『……もう夏休みも終わりか。もっと紅太《こうた》と色んなとこ行きたかったな。夏休みっぽいこと、もっとしたかった』

「それは同意するけど、結構色々とやった方だろ」

『家出をして……一緒に買い物もたくさんしたし、日帰り温泉にも行ったし、映画も観《み》たし、テーマパークにも遊びに行って、海の家でアルバイトもして、夏祭りも行って……言われてみれば結構してたね。夏休みっぽいこと』

思い返して、二人で笑い合う。十分に夏休みらしいことはやっていた。それでも足りないと感じてしまうほどに、充実していたんだ。

『……特に夏祭りの日の夜は、お揃《そろ》いの思い出も、もらったし……ね？』

「ん。そうだな」

『…………』

「…………………」

多分、小白《こはく》は今、俺と同じことを思い返しているのだろう。

あの日の夜を境に、俺たちは互いのことを名前で呼び合うようになった。

高校二年生の夏休みに生まれた……二人だけの、お揃《そろ》いの思い出だ。

『あ――――……やばい』

「ん？　何かトラブルか？」

『そうじゃなくて……今、すっごく紅太《こうた》に会いたい気分』

「そう思ってるのがお前だけだとでも思ってるのかよ」

『………嬉《うれ》しい』

今は普通の通話越しだから小白《こはく》の顔は見えないけれど。

でも、とても愛おしい、柔らかい笑顔を浮かべていることはわかる。

それをこの目に焼き付けることができないのが悔しいぐらいだ。

「二学期になれば毎日学校で会えるだろ」

『学校かー……そういえば私たち、教室だと他人だったよね』

「友達ですらなかったなそういえば」

この夏休み、ほとんどの時間を一緒に過ごしていたから忘れそうになってた。

『………学校ではさ。そのまま他人でいよっか』

「理由は？」

『私と付き合ってることがバレたら紅太《こうた》に迷惑かけるかもしれないし』

「お前の評判のことなら、俺は気にしないんだけど」

『紅太《こうた》がよくても私がダメなの……それに。なんか嫌じゃん。冷やかされたりとかするの』

「わかった。じゃあ、学校では秘密な」

『うん。そうしよ』

「まあ、元々言いふらすもんでもないしな」

夏樹《なつき》や……小白《こはく》の場合は来門《らいもん》さんといった近しい人たちには直《じか》に報告している。それ以外に知り合いらしい知り合いもいないので、言いふらしでもしない限りバレないはずだ。

『そうかな。私は頑張って自分を抑えてないと、言いふらしちゃいそう』

「冷やかされたりするのは嫌じゃなかったのか」

『……仕方がないじゃん。最高の彼氏がいるって自慢したくなる紅太《こうた》が悪いよ』

「だったら最高の彼女ですって自慢したくなる小白《こはく》も悪いことになるな」

『じゃあ私たち、二人揃《そろ》って悪い子だね』

「みたいだな」

窓の外に浮かぶ月が目に入る。小白《こはく》も今、同じ月を見ていたりするのだろうか。

そうだったらいいな。

「……学校では気をつけないとな。名前とか」

『あ。そうだね。学校では今まで通り『成海《なるみ》』って呼ぶから』

「じゃあ俺も加瀬宮《かぜみや》って呼ぶ。……名前呼びは、二人だけの時とか？」

『特別な感じがして好きかも』

「……それはなんか、わかる」

夏休みが終わる時はいつも名残惜しかったけれど、今年は悪くないと思える。

学校で小白《こはく》と過ごせる日々が待ち遠しくて。

「そろそろ寝るか」

『……ん。そうだね』

名残惜しい。それでも、終わりは刻まなければならない。

前に進むために。

『お休み、紅太《こうた》。また明日、学校で』

「お休み、小白《こはく》。また明日、学校でな」

……ああ。困ったな。俺の彼女が世界一可愛《かわい》い。

「…………」

可愛《かわい》くて、それ以上に、眩《まぶ》しい。小白《こはく》は逃げることをやめて、家族と向き合った。

そんな彼女の姿がどこまでも眩《まぶ》しくて、遠く感じてしまう。

夏祭りの夜。あの瞬間だけは、加瀬宮小白《かぜみやこはく》を独占できた。

あの瞬間を永遠にできるような資格は、今の俺にはない。

加瀬宮小白《かぜみやこはく》と釣り合う人間になるためには、もう逃げてばかりではいられない。

「………向き合わないとな。俺も」

家出の最中、ずっと目を逸《そ》らしていたもの。意図的に意識から外していたもの。決して描くことはなかったもの。

ずっと逃げ続けることはできないと、最初からわかってたんだ。

それが少し早まって、想定よりも前向きな理由ができただけ。

どれだけ傷ついても、向き合おう——家族という、決して断ち切れない繋《つな》がりと。

本書に対するご意見、ご感想をお寄せください。

ファンレターあて先
〒102-8177　東京都千代田区富士見2-13-3
電撃文庫編集部
「左リュウ先生」係
「magako先生」係

本書は、カクヨムに掲載された『放課後、ファミレスで、クラスのあの子と。』を加筆・修正したものです。

電撃文庫

放課後《ほうかご》、ファミレスで、クラスのあの子《こ》と。2

左《ひだり》リュウ

2024年5月10日　初版発行

発行者　山下直久
発行　株式会社KADOKAWA
〒102-8177　東京都千代田区富士見2-13-3
0570-002-301（ナビダイヤル）
装丁者　荻窪裕司（META＋MANIERA）
印刷　株式会社暁印刷
製本　株式会社暁印刷

●お問い合わせ
https://www.kadokawa.co.jp/（「お問い合わせ」へお進みください）
※内容によっては、お答えできない場合があります。
※サポートは日本国内のみとさせていただきます。
※ Japanese text only

※定価はカバーに表示してあります。

ISBN978-4-04-915652-2　C0193　Printed in Japan

電撃文庫　https://dengekibunko.jp/

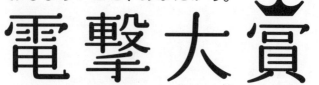